心之罪 克莉絲蒂一生非寫不可的六個愛的故事 3

Agatha Christie

幸福假面

Absent in the Spring

阿嘉莎·克莉絲蒂 著　黃芳田 譯

遠流出版公司

名家如獲至寶推薦（依姓名筆畫排序）

余小芳 小說評論者／博客來推理館達人

吳念真 知名導演、作家

詹宏志 PChome Online 董事長

楊　照 知名作家／評論家／新匯流基金會董事長

鍾文音 知名作家

目錄

名家推薦
（依姓名筆畫排序）

這不是導讀，也不是序，只是一點點閱讀的感觸

——吳念真　知名導演、作家

阿嘉莎．克莉絲蒂的書迷遍及兩、三代數億的人口，而我承認自己只是其中極其平庸的一個。

平庸的證據之一是，每回出國前都不會忘記在隨身行李中塞進一、兩本她的書，但總要在飛機上或旅館中看完幾頁之後才猛然發現：搞什麼，這一本不是多年前就早已看過？

是，依稀看過，但結果是一路讀下來卻依舊樂趣無窮。內容大部分已然遺忘的，讀起來彷彿又是一本新書，內容記得的，則在翻閱書頁的過程中伴隨著起伏的記憶，總會難以避免地想起第一次讀到這個故事時的過往時日，以及當時的點點滴滴，一如

一首老歌在耳邊輕輕響起。

時光飛逝，眨眼間遠流出版公司推出克莉絲蒂的推理全集至今已將近十年，且不說在這之前已陸續讀過這位「謀殺天后」的人，即便對當時才開始接觸克莉絲蒂的讀者來說，想必也無法否認那一個一個的故事也已經都是老歌一首了。

記得推理全集出版的當年許多人都撰文推薦，包括金庸先生。他說：「閱讀她的小說，在謎底沒有揭露前，我會與作者鬥智，這種過程令人非常享受。」這是高手之言。然而對一個單純的讀者來說，詹宏志先生說得準確，令人會心，他說：「整個世界對聽這些故事如此熱情，他們捨不得睡覺，每天問後來還有嗎？還有嗎？永遠不肯離去。」

克莉絲蒂……還有嗎？你是否也曾這樣問過，一如全世界不同世代的許多讀者？正如金庸先生曾說過的，克莉絲蒂的「佈局巧妙，使人完全意想不到！」她果然還有。

我們無法想像一九三〇年代當阿嘉莎·克莉絲蒂以一系列的推理小說開始扮演類似「《天方夜譚》故事中每天說故事說個不停的王妃薛斐拉柴德」（詹宏志先生的形容）這個角色的同時，她以「瑪麗·魏斯麥珂特」這個筆名在二十幾年中寫下【心之罪】這六部風格完全迥異的小說，並且隱瞞作者真實的身分長達十五年之久。

或許大家都熟悉某些對跨界作家的描述，比如「左手寫小說，右手寫散文」或者「右手寫評論，左手寫詩」，但請原諒，我實在無法對阿嘉莎·克莉絲蒂和瑪麗·魏斯麥珂特這樣的「分身創作」給予一個準確的形容。

總要在讀完瑪麗・魏斯麥珂特這六部小說之後，才約略可以想像：啊，如果阿嘉莎・克莉絲蒂是幕前亮麗的角色，那麼瑪麗・魏斯麥珂特彷彿才是落幕之後她真實的自己。

如果前者是以無比的才華用一個一個精彩的故事取悅自己、迷醉讀者的話，後者則是在離開掌聲和絢爛的燈光之後，冷靜而誠實地挖掘自己內心深處所累積的種種疑惑和祕密，以另一種形式故事跟讀者交心。

這些小說裡不但真實地呈現阿嘉莎・克莉絲蒂童年的記憶以及一次世界大戰中她個人的經歷，甚至自己不圓滿的婚姻以及對家庭、情感的質疑，都能在其中找到蛛絲馬跡。

❖

寫作最難的不是無中生有的虛構，而是最直接的自剖。

自剖對創作者來說有一首歌的歌名正是準確無比的形容：痛並快樂著。

一九四四年克莉絲蒂以瑪麗・魏斯麥珂特的筆名出版了《幸福假面》。

她在自傳中是這樣描述這本書的：「……我寫了一部令自己完全滿意的書（請注意『自己』這兩個字）。……這本書我寫了整整三天……一氣呵成……我從未如此拚命過……我一個字都不想改，雖然我並不清楚書到底如何，但它卻字字誠懇，無一虛言，這是身為作者的至樂。」

看到這樣的描述當下熱淚盈眶，相較於她或許沒有資格定位自己為寫作者，但在某些文字形成的時刻裡，這樣的感覺……我完全都懂。

❖

你將讀到的是瑪麗．魏斯麥珂特——那個真實的阿嘉莎．克莉絲蒂——推心置腹的六部小說。

讀完之後也許你還是會問：還有嗎？

我似乎只能這樣回答你了：虛構可以無窮，真實的人生卻唯獨一回。

「心理驚悚劇」的巨大實驗

——**詹宏志** PChome Online董事長

人生的彼此傷害並不限於掠奪與謀殺；人際間的誤解、嫉妒、傲慢、背叛、猜忌，甚至是個人野心或感情的挫折與心碎，也都足以構成暴烈的衝突。

英國「謀殺天后」阿嘉莎．克莉絲蒂當然是編構謀殺情節的高手，但她人情練達，洞悉世情，早就看出人心險峻不限於謀殺，光是家庭裡、情人間的心底波瀾就足以讓任何一個故事驚心動魄，讓你像讀謀殺故事一樣屏息以待，心情跟著七上八下。她在生前曾經以化名瑪麗．魏斯麥珂特寫出這系列堪稱「心理驚悚劇」的巨大實驗，如今這些書回歸阿嘉莎名下，重新出版，不讀它無法全面了解謀殺天后的全貌。

【名家導讀】
（依姓名筆畫排序）

比克莉絲蒂更貼近克莉絲蒂

——楊照 知名作家／評論家／新匯流基金會董事長

我們所熟悉的推理小說家阿嘉莎．克莉絲蒂曾經藏身在另外一個身分裡，寫了六部很不一樣的小說。

一九三〇年，出版克莉絲蒂推理小說的英國出版社，出版了一本名叫 *Giant's Bread* 的書（中譯《撒旦的情歌》），作者是 Mary Westmacott（瑪麗．魏斯麥珂特）。之後在一九三四年、一九四四年和一九四八年，這位魏斯麥珂特女士又出版了另外三本小說。再過一年，一九四九年，一篇刊登在《泰晤士報》週日版的專欄公開宣告：瑪麗．魏斯麥珂特其實就是克莉絲蒂。克莉絲蒂沒有出面否認這項消息，也就等於承認了。之後，即使大家都已經知道魏斯麥珂特就是克莉絲蒂了，還是有兩本書以這個名字出版，一本在一九五二年，另一本在一九五六年。

為什麼克莉絲蒂要換另外一個名字寫小說？為什麼隱藏真實身分的用意破功了，她還是繼續以魏斯麥珂特的名字寫小說？

最簡單的答案：因為她要寫很不一樣的小說，所以要用不一樣的名字。藏在這個簡單答案底下有稍微複雜些的條件：

第一、因為克莉絲蒂寫的小說風格太鮮明也太成功，儘管到一九三〇年，她不過才累積了十年的小說資歷，卻已經吸引了許多忠實的讀者，在他們心目中，克莉絲蒂的名字就是精彩推理閱讀經驗的保障，克莉絲蒂和出版社都很了解這種狀況，他們不願意、不能冒險——如果讀者衝著克莉絲蒂的名字買了書，回家一看，從第一頁看到最後一頁，卻完全沒看到期待中的任何推理情節，他們將會如何反應？

第二、克莉絲蒂的創作力與創作衝動實在太旺盛了。十年之間，她寫了超過十本推理小說，平均每年至少一本；推理小說不比其他小說，需要有縝密的構思、規劃，照理講是很累人的。但這樣的進度卻沒有累倒克莉絲蒂，她還有餘力想要寫更多的小說，寫不一樣的小說。

如此旺盛的創作力與創作衝動從何而來？或許我們能夠在魏斯麥珂特寫的小說中得到些線索。

第一本以魏斯麥珂特名字發表的小說是《撒旦的情歌》。小說中的男主角在備受保護的環境中長大，自然地抱持著一種天真的人生態度。不過，接踵而來的大事：戰爭與婚姻，讓他迷惑失落了。和他那一代的其他歐洲青年一樣，他們原本對戰爭抱持著一種模糊而浪漫的想像，認為戰爭是打破時代停滯、提供英雄主義表現的舞台。但真實的戰爭，卻是無窮無盡不斷反覆、可怕殘酷的殺戮。

同樣地，真實的婚姻也和他的想像天差地別。婚姻本身無法創造和另一個人之間的親密關係，反而在日日相處中更突出了難以忍受、難以否認的疏離。

儘管他幸運地躲過了戰場上的致命傷害，可是家中卻接到了誤傳的他的死訊。他太太以為他死了，很快就改嫁。在憂鬱迷惑中，他遭遇了一場嚴重車禍，短時間內遺忘了自己究竟是誰。在失去身分的情況下度過一段時間後，他恢復了記憶，記起自己所有的不快樂，於是他決定乾脆放棄原本的人生，和過去切斷了關係，給自己一個新的名字，一份新的職業，變成了一個音樂家。

可以跟大家保證，整部小說裡沒有一點推理的成分。但如果我們對照這段時期中克莉絲蒂自身的遭遇，卻可以很有把握地推理出她寫這部小說的動機。

一九三〇年克莉絲蒂再婚，嫁給了在中東沙漠裡認識的考古探險家。邁向第二次婚姻的過程，想必給了克莉絲蒂足夠勇氣來面對自己失敗的第一次婚姻。她的第一次婚姻，在一九二六年，她三十六歲那年瓦解的。那一年，她母親去世，她必須去處理後事，並整理母親的遺物，她的丈夫卻無論如何不願意陪她同去。她的丈夫曾經參加過第一次世界大戰，是英國皇家空軍的飛行員。丈夫表示：戰場上的恐怖經歷，使得他徹底失去面對死亡傷痛的能力，他就是沒辦法跟她一起去。克莉絲蒂強撐著，孤單地回到童年的房子裡，孤單地忍受了房子裡再也不會有媽媽在的空洞與冷清。

然而，等到她從家鄉回來，等著她的卻是丈夫的表白：他愛上了別的女人，一定要和克莉絲蒂離婚。連番受挫的克莉絲蒂失蹤了十一天，被找到後她說她失去了記憶，忘記了自己是誰。她投宿飯店時，在登記簿上寫的，果然不是她自己的名字，而是她丈夫的情婦的名字。

兩相對照，很明白吧！克莉絲蒂用小說的形式整理了自己的傷痛、婚姻的疏離與突然的離棄，另外她也明確給了自己一條生命的出路：換一個身分——當然不是換成丈夫愛上的情婦，而是換成一個創作者，創作出自己可以賴以寄託的作品來。

這樣高度自傳性的內容，無法寫成克莉絲蒂最拿手的推理小說，或者該說，如果添加了推理元素來寫成小說，那就無法保留具體經驗的切身性，為了這切身的感觸，克莉絲蒂非得把這些內容寫下來，即使必須另外換一個筆名，都非寫不可。

❖

以魏斯麥珂特名字發表的第二本小說，是《未完成的肖像》，裡面有著同樣濃厚、甚至更加濃厚的自傳意味，就連克莉絲蒂的第二任丈夫都提醒我們：閱讀這部小說，對我們了解克莉絲蒂會有很大的幫助。小說主角希莉亞內向、愛幻想而且性格依賴，和《撒旦的情歌》裡的男主角同樣在封閉、受保護的環境中長大。然後她長大、結婚、有了一個孩子、開始寫作，接著承受了巨大的心理創傷。小說裡的細節和克莉絲蒂自己的生平有些出入，但小說中描寫的感受與領會，卻比克莉絲蒂在《克莉絲蒂自傳》中所寫的，更立體、更鮮明也更確切。

還有一本魏斯麥珂特小說，應該也反映了克莉絲蒂的真實感情，那是《幸福假面》，一個中年女性被困在沙漠中，突然覺察到她的人生，她和自己、她和家人、她和世界的關係，豈不也受困了嗎？她不得不懷疑起丈夫、孩子究竟是如何看待她的，更重要的，她究竟如何看待自己，自己的生活又是什麼？

這些小說，內在都藏了克莉絲蒂深厚的感情，在這裡我們看到的，不是推理小說中的那個聰明狡獪、能夠設計出種種巧計的克莉絲蒂，而是一個真實在人間行走、觀察、受挫、痛苦並且自我克服的克莉絲蒂。

弔詭地，叫做魏斯麥珂特的作者，比叫做克莉絲蒂的作者更接近真實的克莉絲蒂。換個方式說，寫推理小說時克莉絲蒂是個寫作者，設計並描寫其實並不存在的犯罪與推理情景，只有化身做魏斯麥珂特，她才碰觸自我——藏在小說後面探測並揭露自我的實況。

推理之外的六把情火，照向浮世男女

——鍾文音　知名作家

克莉絲蒂一生締造許多後人難以超越的「克莉絲蒂門檻」。八十六歲的長壽，加上勤寫不輟，一生發行了超過八十本小說與劇本。且由於多數作品圍繞著兩大人物，以至於克莉絲蒂的名字常與其筆下的「名偵探白羅」與「瑪波」掛在一起，猶如納博科夫創造「羅莉塔」，最後筆下的人物常超越了作者盛名，轉為流行語與代名詞。其作品《東方快車謀殺案》、《尼羅河謀殺案》、《捕鼠器》也因改編成影視與舞台劇，與作者同享盛名。

總之「阿嘉莎．克莉絲蒂」等同是推理小說的代名詞，那麼「瑪麗．魏斯麥珂特」呢？她是誰？

她是克莉絲蒂的另一個分身，另一道黯影，另一顆心，另一枝筆。

曾經克莉絲蒂想要從自我的繭掙脫而出，但掙脫過程中，她必須先和另一個寫推理的自我切割，好得以完成蛻變與進化；因而她用「瑪麗．魏斯麥珂特」這個筆名寫出推理之外的人生與愛情世界。妙的是，她寫的愛情小說卻也帶著推理邏輯，一個環套著另一個環，將人性的峰迴路轉不斷地如絲線般拉出，人物出場與事件的鋪陳往往在關鍵時刻留予讀者意想不到的結局，或者揭櫫了愛情的真相。把愛情寫得像推理劇，把推理劇寫得像愛情，箇中錯綜複雜、細節幽微往往是克莉絲蒂最擅長的筆功。

這六本愛情小說，克莉絲蒂，這位謀殺天后企圖謀殺的是什麼？愛情是一場又一場不見血的謀殺，愛情往往是殺死人心的最大元凶，愛情是生命風景裡最大的風暴，也是在際遇裡興風作浪的源頭。時間謀殺愛情，際遇謀殺愛情，悲愴謀殺愛情，失憶謀殺愛情……克莉絲蒂謀殺的是自己的心頭黯影，為的是揭開她真正的人生故事。

為何克莉絲蒂要用筆名寫出另一個「我」？從而寫出《未完成的肖像》、《愛的重量》、《幸福假面》、《母親的女兒》、《撒旦的情歌》、《玫瑰與紫杉》等六本環繞「情」的小說？光從書名就知道，書中情節洋溢著愛情的色彩與人生苦楚的存在探勘。處女座的她對寫作一絲不苟，有著嚴格認真的態度，同時這種秩序與理性也表現在語言的簡潔與簡約，不炫技的語言往往能夠很快進入敘事核心（此也是其能大眾化之故）。

❖

我們回到克莉絲蒂寫這六本小說的處境與年代或許會更靠近她，這些小說陸續發表於一九三〇至五六年間，這漫長的二十六年裡，她經歷第二次世界大戰與自己的人生戰爭：喪母之慟、失憶事件、離婚之悲……接著是再婚，人生和其筆下的故事一樣高潮迭起。其中被視為克莉絲蒂半自傳小說的《未完成的肖像》，描述「希莉亞」為人妻與人母的心理恐懼黯影，有如女作家的真實再現，「她留下了她的故事以及她的恐懼——給我……我不知道她去了哪裡，甚至不知道她的姓名。」讀畢似曾相識卻又陷入迷惘的想不起來之感。

這六本小說的寫作結構雖具有克莉絲蒂的推理劇場元素，但其寫作語言卻回歸愛情的浪漫本身，詩語與意象的絕妙運用，出現在小說的開始與情節轉折處。可以讀出克莉絲蒂試圖想要擺脫只寫推理的局限，她費盡多年用另一枝筆想要擺脫廣大的閱讀群眾（金氏世界紀錄寫克莉絲蒂是人類史上最暢銷的作家）。至於寫得成不成功，我以為是另一件事，重點是她竟能用另一個筆名（另一種眼光）在當時揚起一場又一場愛情書寫的生命大風。

故這套書系用的雖是筆名，可堪玩味的是故事文本指向的卻是真正的克莉絲蒂。誠如在《母親的女兒》裡她寫出了雙重雙身的隱喻：「莎拉過著一種生活。而她，安妮過著另一種生活，屬於自己的生活。」

克莉絲蒂擅長描繪與解剖關係，在《愛的重量》裡寫出驚人的姊妹生死攸關之奇異情境，姊與妹彼此既是罪惡的負擔，也是喜悅的負擔，最後妹妹為姊姊的罪行付出了代價。在《母親的女兒》裡處理母女關係——母親因為女兒放棄了愛，但也開始憎恨女兒的奧妙心理。克莉絲蒂往往在故事底下埋藏著她的思維，各種關係的拆解與重組，夫妻、母女、姊妹、我……之心理描摹，絲絲入扣至引人深省。心之罪就像是「七宗罪」，藉此探討了占有、嫉妒、愛的本質、關係的質疑、際遇的無常性、不平等的處境、自我觀照、個體與他人……六本愛情小說也可說是六本精神分析小說。在克莉絲蒂寫實功力深厚的基礎下，步步布局，故有了和一般愛情浪漫小說不同的文本，不到最後關頭，不知愛情鹿死誰手，不知故事最後要謀殺分解愛情的哪一塊，貪嗔痴慢疑皆備。

克莉絲蒂筆下的愛情帶有自《簡愛》時代以來的女性浪漫與女子想要掙脫傳統以成為自我的敘事特質，但克莉絲蒂也許因為經歷外在世界的戰爭與自我人生的殘酷撕裂，故其愛情書讀來有時具有張愛玲的惘惘威脅之感，尤其是《未完成的肖像》裡的希莉亞，逐步帶引讀者走向無光之所在，乍然下恍如是曹七巧的幽魂再現。

❖

「要做個藝術家，就得要能不理全世界才行——要是很自覺別人在聽著你演奏，那就一定要把這當成是種刺激的動力。」《未完成的肖像》裡鋼琴老師對希莉亞的母親說的這麼一段話，是我認為克莉絲蒂的「內我」對藝術的宣告。作為一個大眾類型小說的作者，要「不理全世界」、要擺脫「別人」，這簡直是難上加難，莫怪乎她要有另一個舞台，好掙脫大眾眼光與推理小說的緊箍咒。

但克莉絲蒂畢竟還是以克莉絲蒂留名於世，她獲得大眾讀者的目光時，也悄悄地把真正的自己給謀殺了。於是她只好創造「瑪麗．魏斯麥珂特」來完成真正的自己。

也因此「瑪麗．魏斯麥珂特」才是真正的克莉絲蒂。而克莉絲蒂的盛名卻又謀殺了「瑪麗．魏斯麥珂特」。但最後兩個名字又巧妙地合而為一，因為為了辨識度，這六本小說往往是兩個名字並列，虛實合一。

她把自己的生命風暴與暗影寫出，也把愛情的各種樣貌層層推理出來。這六本愛情小說是她留給讀者有別於推理的愛情禁區與生命特區。克莉絲蒂寫作從不特別玩弄技巧，她僅僅以寫實這一基本功就將愛情難題置於推理美學中，將人生困境隱藏在羅曼史的浪漫外皮下，於今讀其小說可謂樸實而有味，反而不那麼羅曼史（甚至是藉羅曼史反羅曼史）。

其擺脫刻板的力道，源於克莉絲蒂在這套書系裡也一併藉著故事誠實處理了自己的內我故事，也因此故事不只是故事，故事這時具有了深刻性，故能如鏡地折射出不同讀者的內心。當一個女作家將「自我」擺入寫作的探照鏡時，往往具有再造自身的深刻力量。

在《母親的女兒》這本小說裡，克莉絲蒂結尾寫道：「多麼美好安靜……」

女作家藉著小說人物看到什麼樣的心地風光與世界風景？

「神所賜的平安，非人所能理解……」

是寧靜。

是了解。

是心若滅亡罪亦亡。

種種體悟，故從房間的黑暗深處往外探視，黎明已然再現，曾有的烏雲在生命的上空散去。

女作家藉著書寫故事與自己和解。猶如克莉絲蒂所擅長寫的偵探小說，其寫作主要使用都是密室推理法，層層如洋蔥剝開內裡，往往要到結局才知誰是真凶。這回瑪麗先是企圖殺死克莉絲蒂，但反之被克莉絲蒂擒住，最後兩人雙雙握手言歡。

故事的字詞穿越女作家的私密心房，抵達了讀者的眼中，我們閱讀時該明白與珍視的是克莉絲蒂這樣坐擁大眾讀者的天后級人物，是如何艱難地從大眾目光裡回到自身，從而又從自身的黑暗世界裡再回到大眾。

我覺得此才是克莉絲蒂寫這套書的難度之所在。

她的這六本小說創造一個新的自己，她以無盡的懸念來勾引讀者的心，冷酷與溫暖的色調彼此交織，和其偵探小說一樣適合夜晚讀之，讀一本她的小說猶如走一趟驚險與華麗的浪漫愛情之旅。但閱讀的旅程結束，真正的力道才浮上來，那就是讀者應該掙脫故事情節的表層，從而進入女作家久遠以來從未離去的浪漫懷想之岸，屬於女作家的浪漫是知其不可而為之，即使現實往往險惡，即使愛情總是幻滅，即使有一天自己也會遠離大眾。

寫作是克莉絲蒂抵抗一切終歸無常的武器，而愛情則是克莉絲蒂永恆的浪漫造山運動，如靜靜悶燒的火焰，是老派的愛情（吻竟是戀人身體的極限書寫），這種老派愛情現在讀來竟是真正的相思定錨處，不輕易繳械自己的愛情，一旦繳械就陷入彼此生命而難以脫鉤。

克莉絲蒂筆下的相思燎原，六本小說猶如六把情火，火光撲天，照向浮世男女，各種世間情與人性頓時被她照得無所遁形呢。

專文推薦

拼貼故事之河，撈拾情愛的光與影

——余小芳　小說評論者／博客來推理館達人

阿嘉莎．克莉絲蒂素有「謀殺天后」美稱，作品眾多且質地精巧，以建構童話式的推理小說聞名於世，影響力歷久不衰。然而我們從虛構的世界回歸真實生活，其實不單單是她的作品充滿峰迴路轉的劇情，就連她的人生亦宛若懸疑電影般曲折離奇。

克莉絲蒂自幼未接受正規教育，不過卻擁有極佳的記憶力及喜愛編織故事的心。即便寫作偵探小說成為克莉絲蒂的日常工作，但她仍悄悄地希望能寫出有別於她所擅長處理的推理故事。伴隨著強烈意念的萌芽，終以瑪麗．魏斯麥珂特為筆名，於一九三〇年至一九五六年撰寫出六部和情愛有關的故事；不一樣的是，在撰寫同類型小說的作家之中，她是少數以非推理作品獲得正面評價的。

在這六部以愛為主題的小說之中，儘管有些殘缺和不完滿，但我們卻彷彿看見一部部映照真實人生風景的景象，同時間折射出作者奮戰過後的生活境遇和箇中心情。其中，《幸福假面》讓她不眠不休地花費三天時間撰寫，於自傳中屢屢提及書寫此書的必然，同時為她完全滿意的高完成度書籍；不假言詞，我們也知曉它在作者內心的評價和地位如何，更何況，當時作者已年逾半百，不再是作白日夢和具備衝勁的年紀，但她卻毅然決然地投身此書。

以莎士比亞十四行詩的詩句「春天裡，我曾不在你身邊」為題，透過一些錯落、零散的詩境引領主人翁心緒，藉以貫串全文，產生象徵作用。全書以一名女性的思緒為書寫主軸，通過她的思考、感覺和行動，一層層地揭露她是誰，她的生活又是如何，以及她眼中的自己和他人對她的觀感，飄盪著懸疑氣息，其技巧全是作者發揮自身最擅長的佈局手法所導致。她認為自己是成功且偉大的太太和母親，然而依隨著不斷思索的過程，她內心卻隱隱透顯出不安，她面對自己先前不斷規避的事件，察覺個人所建築出的自我形象竟和他人所認定的完全相反，也就是說，她對於自我外在形象認知全盤錯誤。當她從女兒家打道回府的旅程裡，被暴雨困在沙漠當中，她終於獲得機會反芻種種記憶，獨自面對和省思自我。一件件不願面對真相的細碎小事逐漸浮現於腦海內，慢慢拼湊，至此，一位舊時代女性的生活躍然眼前。

克莉絲蒂的高竿之處，在於她能把一般人書寫起來可能會變得極其無趣的題材處理得非常漂亮、乾淨且不著痕跡。即便僅是個人直線的思緒，亦能汲取對話鮮明的生活點滴，拼集那明明看見且清楚知道，卻以其他理由搪塞掉的畫面。經由前後情節的交替排列，將素材化腐朽為神奇，使用質樸無華卻精粹洗鍊的文字，帶出人物們的關係，並且通過信手拈來的片段，刻劃出這些角色的內在思緒和人際網絡。

她的作品散發著特殊魅力，讀來順遂自然、毫無壓力，劇情迴環轉折、饒富變化，看似溫順卻又逐次地加深不安力道，產生懸疑感，尤其是環繞人物心緒所衍生出來的種種情節，往往令人拍案叫絕、不忍釋卷。克莉絲蒂擅長以對話和行動描摹各個人物，對人性的觀察尤其到位，而這樣的功力放置到純粹的小說題材內反而更能展現，本書即是上乘的例子。

「可憐的小鍾恩」一語反覆出現，宛如鏡像世界映照俗世，虛虛實實、真真假假。思想荒謬的女人活在眾人團團包圍、近乎無懈可擊的情愛謊言之中，此種非絕對的濃烈憐愛形式荒腔走板，令人難以置信。到底是鍾恩獨自造成，抑或是他人不著痕跡的設計？還是兩相碰撞之下，和合而出的結果？藉由真相的漸次拼貼，我們見證情愛原來也是一道多重難解的謎題。

在這本書裡，有著阿嘉莎·克莉絲蒂最赤裸，同時也最為沉痛的心思。如同戲劇一般，她與世長辭之後，夫婿轉瞬再娶他人，《幸福假面》是作者個人最真切的自省，是歷經傷痛後最深沉的治療，是寓言般的故事，同時也是如同預言的曠世鉅作。

情愛一體兩面，可能俏麗，可能帶刺，有時令人動容，有時卻使人感到寂寞。如果說推理故事是阿嘉莎面世的光之作，讓她的想像力和創造力自由馳騁，那麼【心之罪】系列便是她獨飲人生之酒所誕下的影之作，映射著她最為真誠的心情，而本書大概就是影之作當中的神作了吧。

春天裡，我曾不在你身邊……[1]

1 原文為「From you have I been absent in the Spring...」，語出莎士比亞十四行詩第九十八首。

第一章

鍾恩．斯卡達摩窺探昏暗的招待所餐廳裡面時瞇起了眼睛，因為她有點近視。

肯定是，不，不是。我認為是，那是布蘭西．哈格。

多奇怪啊，竟然在這麼偏遠的地方遇到將近十五年沒見的老同學！鍾恩剛發現時很高興，她是個天生愛交際的女人，遇到朋友和熟人時總是很開心。

然而接著她暗想，真可憐，布蘭西變得多慘，看起來比實際年齡老很多，真的老很多。說起來，她應該還沒滿……嗯，四十八歲吧？

這麼想之後，鍾恩很自然地想要瞧瞧自己的外表。剛巧餐桌旁掛了一面鏡子，多方便啊。見到鏡子裡的自己，她的心情更好了。

說真的，鍾恩心想，我打扮得很得體。

她見到的是個苗條的中年婦女，臉上出奇地沒有一絲皺紋，一頭棕髮幾乎不見銀絲，有一雙討人喜歡的藍眼睛，以及總是帶著喜悅笑容的嘴。她穿著整潔帥氣的旅行大衣和裙子，帶了個頗大的包，裡面裝了旅行用品。

鍾恩正從巴格達經由陸路返回倫敦途中。前一晚她搭火車從巴格達來到這裡，預定今晚在這家鐵路局招待所過夜，第二天早上再繼續上路。

她急忙從英國趕來的原因，是因為小女兒突然病了，她知道女婿威廉應付不來，要是沒有人好好幫忙打理，家裡一定亂成一團。

噢，現在都沒事了，她接手後，把一切安排妥當，無論是小寶寶、威廉或芭芭拉的療養，每件事都安排好了，而且也順利進行。謝天謝地，鍾恩心想，我一向都是個有見識的女人。威廉和芭芭拉都滿心感激，竭力挽留她，叫她不要急著回去，她雖然滿臉堆笑地回絕了，卻暗中嘆氣，因為要替羅德尼想想——可憐的老伴羅德尼，被成堆的工作困在克雷敏斯特，家裡除了傭人之外，沒有人照顧他的生活起居。

「何況，」鍾恩說，「傭人能做什麼呢？」

「母親，你的傭人永遠都是十全十美的，因為有你盯著他們！」

她笑了起來，不過心裡確實是很高興，因為說到底，人還是喜歡受到讚賞的。以前她偶爾還覺得家人有點太把家中的井然有序以及她的照顧和貢獻視為理所當然了呢！

她倒不是真的要批評什麼。湯尼、艾薇莉和芭芭拉都是討人喜歡的孩子，她和羅德尼大有理由為兒女的好教養和成就感到自豪。

湯尼在羅德西亞[2]栽種橙。艾薇莉有段時期曾讓父母很操心，但之後已經定下來，嫁給了一名風度翩翩又富有的證券經紀商。芭芭拉的丈夫則在伊拉克的公共工程部有份好工作。

他們都是長得好看、健康，又有禮貌的孩子。鍾恩覺得她和羅德尼真的很幸運——私下裡她認為身為父母的他們功不可沒，畢竟，他們細心盡力地養育子女，在選擇保母和家庭教師時花了不少心血。孩子入學以後也一樣，而且凡事都以孩子的幸福為優先考量。

鍾恩的視線從鏡中移開時，臉上泛著光采。嗯，有這些成就實在不錯。我從來就不想要有什麼事業之類的，為人妻、為人母我就相當滿足了。我嫁了我愛的男人，他在工作上很有成就——說不定多少是託我的福呢！一個人發揮影響力就能做到這麼多了！親愛的羅德尼！

想到很快又能見到羅德尼，她的心就暖了起來。以前她從沒長時間離開他過，兩人相守的生活是多麼幸福平靜啊！

嗯，說「平靜」也許有點言過其實，家庭生活從來都不會是平靜無波的。假期、傳染病、冬季裡凍裂的水管，生活真可說是一連串的小波折。羅德尼總是非常努力工作，可能努力到過勞的地步了。六年前那次他極度虛弱。鍾恩內疚地想，他沒有她穿得體面，還有些彎腰駝背，有很多白頭髮，眼圈看起來也很疲累的樣子。

2 羅德西亞（Rhodesia），今已改名為「辛巴威」（Zimbabwe），位於非洲南部，南非共和國北邊。

不過話說回來，這就是人生。如今女兒都已成家，律師事務所也做得很好，新合夥人帶來新的資金，羅德尼可以比較輕鬆了。他和她兩人可以有時間好好享受一下。一定要多玩玩，偶爾到倫敦待一、兩個星期。說不定羅德尼會去打高爾夫，說真的，她沒想到自己以前竟然沒有說服他去打高爾夫。這對身體很好，尤其是當他案牘勞形的時候。

打定這主意之後，鍾恩再度望著餐廳裡那個她認為是老同學的女人。

布蘭西·哈格。從前她們一起上聖安妮學校時，她曾經多麼欣賞布蘭西啊！大家都很迷布蘭西。她這人膽大包天又很好玩，而且不用說，絕對很討人喜愛。看著眼前這個削瘦、心神不寧、不整潔的老女人，想著從前的她，真是挺可笑的。瞧瞧她那身衣服！還有，她看來——她看來真的是——起碼有六十歲了。

這也難怪，鍾恩心想，布蘭西這輩子一直都很倒楣。

她心裡突然湧起一股不耐煩。整件事似乎就是個放蕩揮霍的例子。二十一歲時的布蘭西意氣風發，有美貌、地位、一切，卻為了一個莫名其妙的男人拋棄了。那人是個獸醫，沒錯，是個獸醫。而且還是一個已婚的獸醫，這就更糟糕了。她的家族表現出的果決很令人稱道，她被送去參加那些充滿歡樂的郵輪之旅環遊世界。結果布蘭西卻在某個地方——不知道是阿爾及爾[3]還是那不勒斯[4]——下了船，然後溜回國去跟她的獸醫會合。理所當然，他的顧客都流失了，於是他開始酗酒，老婆卻不願跟他離婚。沒多久，他們就離開了克雷敏斯特。之後有很多年鍾恩都沒有布蘭西的消息，直到有一天在倫敦哈洛德百貨的皮鞋部相遇，很慎重（慎重的是鍾恩，布蘭西可不重視「慎重」這回事）地略為交談了一會兒之後，她才知道布蘭西已經嫁給一個姓何立德的男人。這人在保險公司上班，但布蘭西認為他不久就會辭職，因為他想寫一本關於沃倫·黑斯汀斯[5]的書，他想要用全部時間來寫作，而不是在下班後零零碎碎地寫。

鍾恩悄悄問，若這樣的話，他還有其他收入吧？布蘭西卻興高采烈回答說，他一分錢也沒有！鍾恩當時就說，放棄工作也許不是明智之舉，除非他有把握這本書會成功。有出版社委託他寫嗎？哎呀！沒有，布蘭西興高采烈地說，事實上，她並不認為這本書會成功，因為湯姆雖然很熱衷寫書，但其實寫作能力並不是很好。於是鍾恩就有點熱心地勸布蘭西要堅決表示反對，布蘭西聽了卻瞪大眼回答說：「可是他想寫作啊，可憐的小寶貝！他想得要命。」鍾恩說，人有時候得要放聰明點替兩個人著想。布蘭西哈哈笑說，自己向來都還不夠聰明到可以替一個人設想！

回想起來，鍾恩覺得很不幸地還真被她說中了。一年後，她在一家餐廳見到布蘭西跟一個奇怪又俗豔的女人在一起，還有兩個像藝術家的浮華男子陪伴。之後，唯一讓她想起這個舊識的，是五年後布蘭西寫信給她，向她借五十英鎊。信上說，她年幼的兒子需要動手術。鍾恩寄了二十五英鎊給她，還附了一封信，很好心地問她詳情。結果回信卻是張明信片，上面草草寫

3 阿爾及爾（Algiers），北非國家阿爾及利亞的首都。
4 那不勒斯（Naples），義大利南部城市。
5 沃倫·黑斯汀斯（Warren Hastings），英國派駐印度的第一位總督。

了幾個字：你真好，我就知道你不會讓我失望。雖說總算有個回音，卻不是很令人滿意。從那之後布蘭西就音訊全無，直到如今在中東這個鐵路局招待所裡又碰上。室內的煤油燈在餿掉的羊油味、煤油味和殺蟲劑氣味中劈啪燃燒，多年未見的舊友在此出現，老得令人難以置信，穿著很差，成了個粗人。

布蘭西先吃完了晚飯，正要走出來時瞧見了對方，她突然停下腳步。

「乖乖，這是鍾恩！」

一會兒之後，她已經拉開了桌邊座椅，兩人聊了起來。

布蘭西說：「親愛的，你保養得真好，看起來才三十歲左右。這些年你都待在哪裡？冷藏起來了嗎？」

「才沒這回事呢！我一直都在克雷敏斯特。」

「生於斯、長於斯，結婚成家和安葬都在克雷敏斯特。」布蘭西說。

鍾恩笑說：「這樣的命運有那麼差嗎？」

布蘭西搖搖頭。「不，」她很正經地說，「我認為挺不錯的。你的兒女怎麼樣了？你不是有好幾個孩子嗎？」

「對，三個。一個兒子、兩個女兒。兒子在羅德西亞。女兒都結婚了，一個住在倫敦；我剛去巴格達看了另外一個女兒芭芭拉，她嫁給了姓瑞的人家。」

布蘭西點點頭。「我見過她，很不錯的孩子。太早婚了一點，不是嗎？」

「我可不這樣認為。」鍾恩口氣有點緊繃地說，「我們都非常喜歡威廉，他們兩個在一起很幸福。」

「對，他們現在好像安定下來了。可能因為有了孩子的緣故吧？女人有了孩子，多少都會定下心來。」布蘭西若有所思地說，「不過，婚姻卻從來沒讓我安定下來。我很喜歡我那兩個孩子樂恩和瑪莉。然而仲尼．派恩一來，我就一秒鐘也不考慮地丟了他們兩個，馬上跟這人跑了。」

鍾恩很不以為然地看著她。

「真是的，布蘭西，」她苦口婆心地說，「你怎麼做得出這種事來？」

「我很爛，對不對？」布蘭西說，「當然，我知道他們跟著湯姆沒問題的，他向來疼他們。他娶了個很顧家的好女人，遠比我適合他，三餐照顧得好好的，還會幫他補內衣褲之類的。親愛的湯姆向來像個小寵物，後來他有很多年都還在耶誕節和復活節寄卡片給我，他真不錯，你不認為嗎？」

鍾恩沒回答。她滿腦子矛盾的想法，最主要的是納悶：眼前這人就是布蘭西嗎？那個很有教養、意氣風發的聖安妮女校校花？眼前這個邋遢女人恬不知恥地講著自己人生裡的醜事，而且說話也很不文雅。哎，想當年布蘭西的英文在聖安妮還得過獎呢！

布蘭西回到原先的話題。

「真想不到芭芭拉．瑞居然是你女兒，鍾恩，這證明很多人都看走眼，大家都搞錯了，還以為她在家裡過得很不開心，所以一有男人求婚就嫁了，以便可以逃出家門。」

「太可笑了，這些說法是打哪兒冒出來的？」

「我也想不出怎麼會有這些說法。因為有一點我很肯定，鍾恩你向來是個令人欽佩的母親。我很難想像你會脾氣壞或者刻薄。」

「你太客氣了，布蘭西。我想我大可以說，我們總是盡力給孩子們一個幸福的家，為他們好，能做的都做到了。我覺得有一點很重要，你知道，就是要跟兒女做朋友。」

「很好，要是做得到的話。」

「哦，我認為可以的。重點在於記住自己年輕時的感受，設身處地為他們想想就行了。」鍾恩那張美麗、嚴肅的臉孔朝她的老友稍微挨了過去。「羅德尼和我向來都努力這樣做。」

「羅德尼？讓我想想，你嫁了個律師，對吧？沒錯。哈瑞要跟他那糟透的老婆離婚時，我去過那家律師事務所，我相信那時我們見的就是你先生羅德尼．斯卡達摩。他人非常好又客氣，很善體人意。這麼多年來你就只跟他耗著，沒換換新啊？」

鍾恩頗不自在地說：「我們兩個都沒想到過要換換新。羅德尼和我都非常滿意對方。」

「那當然了，鍾恩，你一向都冷冰冰的，但我得說你老公還挺花心的呢！」

「你在說什麼啊！布蘭西！」

鍾恩氣得臉都紅了。花心？什麼話！這樣說羅德尼。

突然間，很突兀地，有個念頭在鍾恩腦海中一閃而過，就像昨天看到的那條蛇，在灰褐色小路上閃電般橫竄過汽車前方的蠕動的綠色形體，幾乎在你看到之前就消失了。

一閃而過的念頭裡有幾個字，淡入又淡出。

那個姓蘭道夫的女孩……

在她還沒來得及看清楚之前，又消失了。

布蘭西已經爽朗地在表示過意不去了。

「對不起，鍾恩。我們去另一個廳裡喝咖啡吧。我向來心思都挺低俗的，你知道。」

「喔，哪有。」鍾恩嘴裡馬上冒出了抗辯，她是真的有點嚇到了。

布蘭西一臉覺得好玩的樣子。

「噢，有呀，你不記得了嗎？不記得我曾經偷溜出去見麵包師傅兒子的事？」

鍾恩本能地退縮了。她老早忘了那回事，當時此舉顯得很大膽——對，事實上還很浪漫。真是個低俗又不愉快的插曲。

布蘭西在一張柳條椅上坐下，叫服務生送咖啡來，一面自己笑了起來。

「我以前一定是個可怕的早熟丫頭，哦，嗯，這一向是我的毛病。我一直都太喜歡男人了，而且喜歡的都是混蛋，很不尋常，對不對？第一個是哈瑞，他的確不是個好東西，可是卻帥得要命。接著是湯姆，雖然沒什麼結果，我還是多少喜歡過他。仲尼．派恩，和他在一起的時候的確開心過。杰拉德也好不到哪裡去……」

說到這裡時，服務生送來了咖啡，打斷了這份讓鍾恩感到厭惡的男人名單。

布蘭西看到了她的表情。

「抱歉，鍾恩，我嚇壞你了。你一向都有點古板，對不對？」

「哦，我一直希望自己能開通些。」

鍾恩露出客套的笑容，然後慌忙補上一句：「我的意思只是……我很替你感到遺憾。」

「替我？」布蘭西像是對此想法感到很好笑似的。「親愛的，你真好，但別浪費你的同情心。我其實很樂在其中。」

鍾恩忍不住瞄了旁邊一眼。真是的，布蘭西到底知不知道她的模樣有多可悲啊？隨隨便便用指甲花染過的頭髮、髒兮兮的俗豔衣服、滿臉皺紋的憔悴臉孔，根本就是個老婦人，一個老態畢露、聲名狼藉、四處為家的老女人！

布蘭西突然正色地用冷靜的口吻說：「對，你說得相當對，鍾恩。你這輩子過得很成功，而我，嗯，我把自己搞得亂七八糟。我往下沉淪，而你往……不，你一直留在原處，聖安妮的女學生，嫁給了合適的對象，為母校增光！」

為了把談話帶到她和布蘭西如今唯一的共通處，鍾恩於是說：「那真是一段美好的時光，不是嗎？」

「馬馬虎虎啦！」布蘭西對她的稱頌毫不在意，「有時我覺得很無聊，那裡樣樣都那麼洋洋自得又自命不凡，我想要出去見識外面的世界，嗯，」她的嘴俏皮地癟了一下，「我見識過啦！我可以說自己見識過了。」

鍾恩這時才首次問起了布蘭西在這招待所出現的原因。

「你是要回英國嗎？是明天早上跟車隊走？」

提出這問題時，她的心略微往下一沉。說真的，她才不想要布蘭西在路上作伴呢！有機會碰到面是很好，但她深深懷疑這份友誼是否能支撐到橫越整個歐洲。從前同窗的情分很快就會磨光了。

布蘭西朝她咧嘴而笑。

「不，我往反方向去，去巴格達，跟我先生會合。」

「你先生？」

鍾恩真的感到挺驚訝的，布蘭西居然還能挺像樣地有個丈夫。

「對，他是工程師，鐵路方面的。他姓杜諾凡。」

「杜諾凡？」鍾恩搖搖頭。「我想我沒見過這個人。」

布蘭西大笑。

「你不可能見過他的，親愛的，他不是你那階層的人。他酒喝得很凶，但他有赤子之心。你可能會感到意外，可是這人真的非常疼我。」

「他當然應該的。」鍾恩順勢客套地說。

「老好人鍾恩，做事永遠講道德，可不是嗎？你一定覺得謝天謝地我是往反方向去。跟我結伴五天就會打破你的基督徒精神了。不用費心否認這點，我知道我成了什麼樣的人，身心都低俗不堪——你是這樣認為的。嗯，還有更糟糕的事呢！」

鍾恩暗自納悶：會是什麼事？在她看來，布蘭西的淪落已經是最悲慘的事了。

布蘭西接下去說：「希望你旅途順利，不過我很懷疑這點。我看就快下雨了，真是這樣的話，你可能會在前不著村、後不巴店的地方困上好幾天。」

「希望不會，這會打亂我訂好的所有火車旅程。」

「這可難說了，在沙漠地區旅行經常是很難按時刻表的。只要平安過了沙漠河道，其他就好辦了。當然，還得要司機也準備了足夠的食物和飲用水。不過困在某個地方還是很無聊的，沒有別的事情可做，只能想事情。」

鍾恩笑了。

「這說不定會是挺愉快的改變。你知道，人通常根本就沒時間輕鬆一下。我經常巴不得什麼也不做，只要給我一個星期這樣的日子就好。」

「我想你應該隨時都可以這樣做吧？」

「才不呢！親愛的。我也算是有點忙碌的婦女。我擔任鄉村花園協會的祕書，也是我們當地醫院的委員，還有學會、女童軍會，我在政壇上也挺活躍的。除了這些，還得理家、照顧羅德尼。我也經常外出、邀人來我們家。我總是認為，交遊廣闊對律師是件好事。還有，我也很喜歡家裡的花園，大多數時候都親手打理。你知道嗎？布蘭西，我難得有空閒，大概只有晚飯前的那一刻鐘，才能真正坐下來歇一會兒，更別說要保持閱讀進度有多吃力了。」

「你好像都很勝任嘛！」布蘭西喃喃說著，視線落在對方沒有皺紋的臉上。

「噢，忙壞了總比閒死了要好！我得承認，我身體一向都很好，真的要感恩。但總而言之，要是能夠有整整一、兩天什麼都不做，光是想事情，感覺一定很好。」

「我很好奇，」布蘭西說，「你會想些什麼事情呢？」

鍾恩笑了起來，那是如銀鈴般的愉悅笑聲。

「總是有很多事情可以想的，對不對？」她說。

布蘭西嫣然一笑。

「人總是可以想想自己的罪過！」

「對，的確是。」鍾恩客氣的表示同意，但其實一點也不覺得這話有趣。

布蘭西敏銳地端詳著她。

「只不過『想自己的罪過』沒辦法讓你花掉很多時間的！」她皺起眉頭很突兀地說，「你得丟開它們，改去想想你的善行，以及人生中所有的福氣！唔，我也說不上來。可能會很沉悶的。」她停了一下又說：「要是沒別的事可想，只能一天又一天地想自己的話，到頭來不曉得會從自己身上發現什麼……」

鍾恩一臉疑惑又覺得有點好玩的樣子。

「人難道會發現什麼自己以前不知道的事嗎？」

布蘭西緩緩地說：「我想可能……」她突然打了個冷顫，「我可不想嘗試。」

「當然，」鍾恩說，「有些人對於沉思冥想的生活很躍躍欲試，我個人是從來無法理解這種心態的。玄學的法理很難體會，我恐怕自己還沒達到那種宗教境界。對我來說，那似乎太過極端了，你懂我意思吧？」

「撿現成的最短禱告詞肯定簡單得多。」布蘭西說。見到鍾恩不解的目光，她突然說：「『神很恩待我這個罪人。』一句話就差不多什麼都涵蓋了。」

鍾恩覺得有點尷尬。

「對，」她說，「說的也對，肯定是的。」

布蘭西爆笑起來。

「鍾恩，你的問題就在於你『不』是個罪人，所以禱告就沒你的分兒了！我就很夠格。有時覺得很多事情我根本就不該做，可是我卻從來沒停手過。」

鍾恩沉默不語，因為不知道該說什麼才好。

布蘭西以輕鬆語氣重拾話題：「哎！人活著就是這麼回事。該抓住的時候卻放手了，或者明明放下比較好，卻捨不得丟下；前一分鐘的人生還好到你不敢置信，緊接著就像掉進了地獄裡，受苦又受罪！順利的時候，你以為一輩子都會這樣，可是卻從來不是那回事，等跌到谷底時，你會以為自己永遠爬不起來而活不下去了。人生就是這麼回事，你說對嗎？」

這跟鍾恩這輩子所擁有或體會出的人生看法大相逕庭，以至於她不知要怎樣回答才好。

布蘭西猛然站起身來。

「鍾恩，你快睡著了，我也差不多。我們明天都要一大早動身。見到你真好。」

兩個女人拉著彼此的手站了一會兒。布蘭西忽然略帶溫柔又有點笨拙地很快說道：「別擔心你女兒芭芭拉，她會沒事的，我很確定。威廉．瑞是個好人，你知道，何況還有個孩子和其他等等。她只不過是太年輕，加上那裡的那種生活……嗯，有時會讓女人沖昏了頭。」

鍾恩聽得一頭霧水，完全不懂。

她嚴厲地說：「我不懂你這是什麼意思。」

布蘭西只是欽佩地看著她。「真符合我們母校的精神，永遠什麼都不承認。鍾恩，你真的一點兒都沒變。順便一提，我還欠你二十五英鎊，我現在才想到。」

「哦，別煩惱這個了。」

「別怕，」布蘭西笑說，「我本來是有打算要還的，不過話說回來，要是人肯借錢給別人，當然很清楚自己是再也見不到那筆錢的了。所以我就沒有怎麼為這操心。鍾恩，你是個好人，那筆錢對我來說是意外之財。」

「你有個孩子要動手術，不是嗎？」

「他們是這樣認為。結果原來根本不需要，所以我們就把錢拿去飲酒作樂一番，還幫湯姆買了張有捲蓋的書桌，他看中那張書桌很久了。」

這話勾起了鍾恩的回憶，於是她問：「他後來寫出了沃倫．黑斯汀斯傳嗎？」

布蘭西笑容可掬地看著她。「真想不到你還記得這個！對，真的寫出來了，十二萬字。」

「出版了嗎？」

「當然沒有！寫完那本之後，湯姆又動手寫富蘭克林傳，這本更糟糕。真是奇怪的興趣，是吧？我是指他寫的都是那麼沉悶的人。假如我要寫一個人的生平事蹟，我會寫寫埃及豔后克麗奧佩特托拉那類性感人物，要不就是情場浪子卡薩諾瓦這種香豔刺激的題材。話說回來，大家的想法是不可能一樣的。湯姆後來又去上班，這份工作沒有之前的好。不過我一直很開心，因為他樂在其中。人應該做自己真正想做的事情，你不認為這點很重要嗎？」

「這要看情況。」鍾恩說，「人得要考慮到很多方面。」

「你沒做過自己想要做的事嗎？」

「我？」鍾恩嚇了一跳。

「對，就是你。」布蘭西說，「那時你想要嫁給羅德尼．斯卡達摩，對不對？而且你想要有孩子，還有一個安適的家？」她笑著又補充說，「從此幸福快樂地生活下去，無窮無盡，阿門。」

鍾恩也笑了起來，對於談話轉為比較輕鬆感到鬆了一口氣。

「別鬧了，我知道，我運氣很好。」

接著，見到布蘭西時運不濟的倒楣落魄相，她唯恐自己剛才那句話說得不太得體，趕快又補充說：「我真的得走了。晚安！能再見到你真的太好了。」

她熱情地緊握了布蘭西的手一下，（布蘭西會指望她親自己一下嗎？不會啦！）然後就小跑步上樓，回到自己的客房裡。

可憐的布蘭西。鍾恩脫衣服時想著，然後把衣服整齊疊好，取出一雙乾淨襪子準備第二天早上穿。可憐的布蘭西，真是太慘了。

她穿上睡衣，然後梳起頭髮。

可憐的布蘭西，看起來那麼潦倒落魄。

這時她已經準備睡覺了，但上床之前卻躊躇不決。

應該沒有人每天晚上都禱告的吧？事實上，不管哪種禱告，鍾恩都滿久沒做了，甚至不常上教會。

不過，她當然是相信神的。

此刻她卻有股奇怪的衝動，想要在這看來很不舒服的床邊（棉布床單看起來很髒，幸好她自己準備了軟枕）跪下來，像個小孩一樣，好好做個禱告。

這念頭讓她感到挺害羞又很不自在。

她趕快上床去，蓋上被子，拿起了擺在床邊桌上的《凱瑟琳．戴茲夫人回憶錄》，真的寫得非常有娛樂性，很詼諧有趣的維多利亞中期記述。

看了一、兩行之後，她發現自己無法集中精神。

我太累了，她心想。

她放下書，扭熄了燈。

禱告的念頭又浮現了。布蘭西那番怪話是怎麼說的？「所以禱告就沒你的分兒了！」真是的，她到底是什麼意思？

鍾恩很快在腦海裡整理出一段禱詞，把零散話語串在禱詞裡。

神，感謝您！……可憐的布蘭西！感謝您，幸好我沒變成那樣……大大的憐憫，賜給我所有的福氣……特別是沒有像布蘭西那樣。可憐的布蘭西，真是潦倒。當然是她自找的，落魄，真讓人大吃一驚……感謝神！我不一樣……可憐的布蘭西……

鍾恩睡著了。

第二章

第二天早上，鍾恩離開招待所時正在下雨，那是和這個地區似乎很不搭調的綿綿細雨。

她發現自己是唯一西行的旅客。雖然每年這時期往來的車輛並不多，但這顯然是很不常見的現象。上星期五還有一支龐大的車隊來過呢。

一輛敞篷老爺車正等著她，除了歐洲籍的司機，還有個本地人副駕駛。招待所經理在灰色晨曦中扶鍾恩上車，對著阿拉伯人大呼小叫，直到他們把行李擺放到如他的意為止，然後「祝小姐（所有的女客他都稱為『小姐』）旅途平安順利」。他鞠了個大躬，遞給鍾恩一個小紙盒，裡面裝著她的午餐。

司機與高采烈地喊著說：「再見啦！大魔頭。明天晚上或下星期見！看起來多半是下星期見了。」

車子上路了，蜿蜒曲折地穿過這座東方城鎮的街道，兩旁是風格奇異又出人意表的西式建築。汽車喇叭響著，驢子閃到一邊，兒童急忙跑開。車子出了西城門，駛上寬廣而不平整、看起來好像通往世界盡頭的路。

事實上，這條路只開拓了兩公里遠，之後就突然中斷了，取而代之的是一條不規則的小路。

鍾恩知道，天氣好的話，大概七個小時車程就可以到台拉布哈密德，那是當今土耳其鐵路的終點站。從斯坦堡[6]來的火車今早就停在那裡，晚上八點半再駛回去。台拉布哈密德有一家小招待所，方便旅客用餐。他們應該會在路途中跟往東來的車隊相遇。

此時路面非常不平，車子跳動得很厲害，鍾恩被拋上拋下的。

司機回頭大聲說希望她沒事，這段路有點顛簸，但他想要盡量趕路，以免在橫越必經的兩處乾河床時遇上麻煩。

每隔不久，司機就焦慮地望望天空。

雨勢開始轉大，車子也開始不斷煞車，忽前忽後地彎曲行進，搞得鍾恩有點暈車。

大概十一點時，他們來到了第一處河床。原本乾涸的河床已經開始積水，但他們順利通過了。在離開河床往上坡行駛時，一度有點危險，車子陷了一下、輪胎空轉，但後來還是爬上去了。往前行駛了兩公里之後，遇上了軟泥地，這回就陷在那裡動彈不得了。

鍾恩穿上雨衣下了車，打開餐盒，邊吃邊來回踱步，看那兩人忙著用鏟子挖土，不時把千斤頂扔給對方，把帶來的板子塞到車輪下。他們忙得滿身大汗，車輪卻懸空怒轉。在鍾恩看來是徒勞無功，但司機向她保證說這裡還不是最糟糕的地方。最後，車輪猛然發出令人心驚的怒吼往前一衝，終於衝上了比較乾的地面。

再往前行駛一小段路之後，他們遇上了對向來的兩輛車。三輛車都停了下來，司機會合，交換意見，互相提出建議和忠告。

那兩輛車上坐著帶了小寶寶的女人、年輕的法國軍官、美國老太太和兩個看起來像是生意人的英國人。

不久他們分道揚鑣繼續上路。後來又陷在泥裡兩次，兩次都是漫長吃力的挖掘和使用千斤頂的工作。第二處河床比之前的更難越過，來到這裡時已近黃昏，天色昏暗，河床內流水激激。

鍾恩心焦如焚地問：「火車會不會等旅客？」

「通常都會給一個小時的寬限，然後開快一點把時間補回來，但是不會延遲到九點半以後才發車。不過往後的路況就會比較好了，地面不同，多半是廣闊的沙漠。」

但穿越這個河床時情況很糟糕，遠處的河岸根本是滑溜溜的泥地。等到車子終於駛上乾爽地面，天都黑了。這之後路況果然比較好些。只是抵達台拉布哈密德時，已經是晚上十點一刻，往斯坦堡的火車早已開走了。

鍾恩這時已經累壞了，所以沒怎麼留意周遭環境。

6 斯坦堡（Stamboul），今已改稱伊斯坦堡（Istanbul）。

她蹣跚走進擺了擱板桌的招待所餐廳，什麼東西都不想吃，只要人送茶來。喝過茶直接進了燈光微弱、有三張鐵床的昏暗房間，拿出旅行基本用品之後，往床上一倒就沉沉睡著了。

第二天早上，她又恢復了平日的能幹。從床上坐起來看看錶，九點半了，她下床穿好衣服，走出房間到餐廳裡。有個頭巾纏得很漂亮的印度人出現了，鍾恩要了早餐。接著，她漫步來到門口往外看。

她帶點幽默做了個鬼臉，告訴自己，這回真的來到了鳥不生蛋的地方。

看來得花兩倍時間了。她暗忖。

她來的時候，是從開羅搭飛機到巴格達。她以前不知道有這條路線。實際上從倫敦到巴格達要七天時間——從倫敦搭火車到斯坦堡要三天，斯坦堡到阿勒坡[7]要兩天，在鐵路終點的台拉布哈密德待一個晚上，然後再坐一天的汽車，在招待所住一晚，再坐汽車到基爾庫克[8]，然後換火車到巴格達。

今天早上沒有要下雨的跡象，天色蔚藍、萬里無雲，周圍是一片金棕色的沙地。招待所旁有塊鐵蒺藜圍起來的垃圾場，堆著些空罐頭，有片空地養了些瘦巴巴的雞，邊跑邊大聲咕咕叫著。空罐頭裡還殘留了些食物，成群蒼蠅在上面爬。有個看來像是一堆骯髒破布的東西突然站了起來，原來是個阿拉伯男孩。

隔著另一道鐵蒺藜的彼端不遠處，是棟低矮建築物，顯然就是火車站，鍾恩猜想旁邊那個東西若不是自流井就是大儲水槽。北邊天際隱約可見連綿山巒的輪廓。

除此之外就什麼都沒有了，沒有地標，沒有建築物，沒有草木，沒有人。一個車站，一條鐵軌，幾隻母雞，以及看來多得不成比例的鐵蒺藜，就這麼多了。真是的，鍾恩心想，這下可好玩了，滯留在這麼個怪地方。

那個印度僕役走了出來，說夫人的早餐準備好了。

鍾恩轉身走了進去。迎接她的是典型的招待所氣氛：陰沉、羊油味、煤油味和殺蟲劑氣味，頗令人不愉快的熟悉感。

早餐包括咖啡和牛奶（罐裝的）、一整盤炒蛋、幾塊又圓又硬的烤麵包、一碟果醬，還有一些看來頗可疑的燉梅乾。

鍾恩胃口頗佳地吃了早餐。不久，那個印度人又出現了，問夫人想要幾點吃午餐。

鍾恩說不用等太久。於是雙方說好下午一點半開飯。

就她所知，火車一星期三班，每逢星期一、三、五有車。現在是星期二早上，所以到星期三晚上以前，她都走不了。她跟印度人提及此事，問他是不是這樣。

「沒錯，夫人，沒搭上昨晚的火車真是倒楣。路況很差，晚上雨下得很大，所以這裡和莫蘇爾[9]之間這幾天不會有車子往來。」

7 阿勒坡（Aleppo），在今敘利亞北部之城市。
8 基爾庫克（Kirkuk）在今之伊拉克北部。
9 莫蘇爾（Mosul），在今之伊拉克北部。

「可是火車沒問題吧？」

鍾恩對莫蘇爾的路況沒興趣。

「哦，沒問題，火車明天早上會來，晚上回去。」

鍾恩點點頭，問起送她過來的汽車。

「今天一大早走了。司機希望能回得去。但我想不行，我認為他在半路上會卡住一、兩天。」

鍾恩認為大有可能，不過對這事不怎麼感興趣。

這人繼續提供消息給她。

「那個車站，夫人，在那邊。」

鍾恩說，她多少已經猜到那可能就是火車站。

「土耳其的火車站，車站在土耳其境內，土耳其鐵路。你看，鐵絲網的另一邊，這鐵絲網就是邊界。」

鍾恩鄭重其事地望著邊界，心想：邊界真是奇怪的東西。

印度人開朗地說：「一點半準時開飯。」然後就轉身進去了。一、兩分鐘之後，鍾恩聽到裡面傳來他提高嗓門怒罵的聲音，還有另外兩個聲音。空氣中充斥著連串尖銳、激動的阿拉伯語。

鍾恩納悶地想：為什麼這類招待所似乎總是由印度人來管事？是因為印度人對歐洲人的生活方式有經驗嗎？算了，反正這沒什麼關係。

這個早上她該怎麼排遣才好？她可以繼續讀那本有意思的《凱瑟琳．戴茲夫人回憶錄》，要不然寫幾封信也可以，等火車到了阿勒坡時再寄出。她有一本信紙，還有幾個信封。她在招待所門口躊躇了一會兒，裡面太暗了，而且有一股不好聞的氣味。說不定去散散步也好。

她拿起厚氈帽，倒不是這時節的陽光很曬，不過小心一點總是比較好。她戴上太陽眼鏡，把信紙和鋼筆塞進包裡。

然後就出發了，經過了垃圾場和空罐頭堆，朝火車站反方向走去，因為，要是越過這邊界的話，搞不好會引起複雜的國際糾紛。

她暗忖，這樣的散步真是有夠怪的——沒有一個明確的目的地可去。

這是個頗新鮮又挺有意思的想法。走在丘陵草地上，走在沼地裡，走在海灘上，走在一條路上……總是有些目標在望，過了那座山，到那座小樹林，到那片石楠樹林，從這條巷道走到那農場，沿著大路到下一個城鎮，經過海邊到下一個小灣。

但是在這裡只有「從」而沒有「到」。從招待所走出去，就只有這樣。右邊，左邊，直走，都是空曠的暗褐色地平線。

她漫步走著，步伐不太快。空氣很宜人，天很暖但不太熱，大約是華氏七十度[10]左右吧，她想。而且還有一絲微風。

大約走了十分鐘之後，她才轉過頭來。

10 約等於攝氏二十一度。

招待所以及周邊的骯髒部分已經化為挺能讓人接受的模樣，從這裡望過去感覺還不錯。再過去的那個車站看起來就像一個小石堆。

鍾恩露出笑容，繼續漫步。空氣真的太好了！新鮮又純淨，這裡沒有霉味，沒有人類或文明的痕跡，就只有陽光、天空和沙地，帶有醉人的成分。鍾恩深深吸著氣，盡情享受著。這真的是一場探險！在一成不變的生活中令人愉悅的休憩。她挺高興錯過了火車班次。整整二十四小時絕對的安寧平靜，對她很有好處，她不急著趕回去，大可在抵達斯坦堡之後，再打電報向羅德尼解釋延期的原因。

親愛的老伴羅德尼，不知此時在做什麼？倒不是真的有什麼事值得她這樣猜測，因為她很清楚羅德尼會如常坐在「阿德曼、斯卡達摩暨懷特尼律師事務所」的辦公室裡。那間很不錯的辦公室在二樓，可以俯瞰外面的市集廣場。老懷特尼先生去世之後，羅德尼就搬進這間辦公室。他喜歡這個房間。鍾恩還記得有一天她去看羅德尼，見到他正站在窗邊，盯著市集（那天是趕集的日子）看一群趕來的牛。「有很多不錯的短角牛。」他曾這樣說。（也許不是說短角牛吧？鍾恩對於農務用語不太在行，反正是類似的話。）她當時說：「關於中央暖氣用的鍋爐，我認為加爾布雷斯的報價太高了，我們再去問問張柏林的報價，怎麼樣？」

她還記得當時羅德尼緩緩轉過身來，摘掉眼鏡，揉揉眼睛，心不在焉地看著她，彷彿沒真的看到她的樣子。她也還記得他說「鍋爐？」的神態，就像那是某種他從沒聽過、很難又很遙遠的話題，然後說──真的是滿蠢的，「我看霍德斯東是在賣他那頭小公牛，我猜他一定是亟需要錢用。」

她認為羅德尼關心一下米德農場的老霍德斯東是好事，可憐的老頭，大家都知道他漸漸不行了。但她卻希望羅德尼聽她說話時反應快一點，因為，畢竟人家都指望律師反應要快又機靈，要是羅德尼面對客戶時也是這麼迷糊的話，給人的印象可就不太好了。

於是她以帶點關愛的不耐煩口吻說：「別胡思亂想的，羅德尼，我講的是中央暖氣系統的鍋爐。」結果羅德尼說當然要再另外找人報價，不過花費會更高，他們得趕快做決定。接著就瞧著堆在辦公桌上的文件。於是鍾恩就說不再耽擱他了，看來他像是有很多事要處理。

羅德尼微笑著說，他的確是堆了很多工作沒做，因為把時間浪費在看市集上了。「這也是我喜歡這間辦公室的原因，」他說，「我期待星期五到來，現在可以聽到牠們的聲音了。」

他還把手舉了起來。鍾恩側耳細聽，聽到牛在牟牟叫的聲音，挺難聽的牛羊叫聲混成一片。然而羅德尼有夠可笑的，竟然像是很喜歡聽。他站在那兒，略歪著頭，露出笑容……

呵，今天不是趕集的日子，羅德尼會坐在辦公桌前，不會分心。其實她擔心客戶會以為羅德尼迷糊是太多慮了，因為到目前為止，他是律師事務所裡最得人心的律師，大家都喜歡他，這在執業律師圈中，已經成功了一半。

而且要不是因為我的話，鍾恩自豪地想，他早就把這一切拒之門外了！

她的思緒轉到了羅德尼告訴她關於他叔叔給他工作機會的那天。

那是個老派又興隆的家族事業，而且老早就有默契，等羅德尼通過律師考試之後就由他來接掌。然而哈利叔叔竟然提出那麼好的條件，邀他做合夥人，那是很出人意料的喜事。

鍾恩表達了自己的開心和驚喜，熱情地向羅德尼道喜之後，才留意到羅德尼似乎沒有感染到她的喜悅，事實上，他還說出了令人不敢相信的話：「要是我接受的話……」

她沮喪地叫起來：「羅德尼，你說的是什麼話呀？」

她很清楚記得羅德尼轉過頭來時臉色發白。以前從來不曉得羅德尼是個神經質的人，他那雙正在草坪上拔草的手顫抖著，黑眼睛裡流露出奇怪的懇求目光。他說：「我討厭辦公室生活，恨透了！」

鍾恩倒是馬上就表現出同情。

「哦，我知道，親愛的。那是很悶又很辛苦的工作，全然辛苦的差事，根本就沒有意思。但是當合夥人卻不同，我是說，你會對這件事感興趣的。」

「對契約、租約、不動產、正式合同、鑒於、迄今為止……有興趣……」

他胡亂叨念出一堆法律用語，嘴角在笑，眼神卻憂傷而帶著懇求——苦苦地懇求她。而她那麼愛羅德尼！

「可是我們老早就有默契，你會進律師事務所。」

「噢，我知道，我知道。但我哪裡想得到我會這麼討厭它呢！」

「可是……我的意思是……不然你想要做其他什麼事情呢？」

然後他很快又很熱切地說了，滔滔不絕地。「我想要經營農場。小米德要拋售了，農場狀況很糟，因為霍雷疏於照管，可是也就是因為這樣，所以才能以很便宜的價格買到，而且土地很好，你聽著……」

然後他迫不及待地說下去，提了很多規劃，講的都是些技術用語，聽得她困惑不已，因為她根本不懂小麥、大麥或輪耕，或者純種家畜、乳牛群等等。

她只能用沮喪的語氣說：「小米德……可是那地方在阿謝當還要再過去，離什麼地方都有好幾英里遠。」

「那是塊好土地，鍾恩，而且地點又好……」

他又長篇大論說起來。她從沒想到羅德尼可以這麼熱衷、如此熱切地說這麼多話。

她狐疑地問：「可是親愛的，你能靠農場謀生嗎？」

「謀生？哦，當然，總之可以餬口就是了。」

「這就是我的意思。人家總是說經營農場賺不到錢。」

「哦，是賺不到多少錢，除非你運氣好得要命，或者有很大筆資金。」

「喏，你看吧……我是說，這很不實際。」

「噢，這很實際的，鍾恩。你知道，我自己有一點錢，靠著農場自耕自食，只要收入超過支出一點點就沒問題了。再想想我們可以過多棒的生活！住在農場裡，多豪氣啊！」

「我不認為你懂農場的事。」

「哦，我懂，我真的懂。你不知道我外公是多文郡的大農場場主嗎？小時候放假我們都到他的農場去，那是我最享受的日子。」

人家說的還真沒錯，她暗想，男人就跟小孩一樣……

她和藹地說：「我想也是。但過日子可不是度假，我們得要為將來著想，羅德尼，我們還有湯尼。」

那時湯尼只是個十一個月大的寶寶。

她又加上一句：「因為可能還會……又有寶寶。」

他質疑地看了她一眼，而她則點頭微笑。

「可是你難道看不出來嗎？鍾恩，這樣才更好呀！農場對孩子來說是個好地方，很健康的地方，他們可以吃到新鮮雞蛋和牛奶，到處跑，學習怎麼照管動物。」

「可是，羅德尼，還有其他事情要考慮，譬如他們上學的問題，他們得上好學校才行，好學校很貴的。要買衣服鞋子，還要看牙醫、看醫生、結交好的朋友。你不能光想著自己想做的，要是你把孩子帶到這世界來，就得要替他們著想。畢竟你對他們是有責任的。」

羅德尼很固執地說：「他們會快樂的……」可是這回語氣裡有了一絲遲疑。

「這麼做很不切實際，羅德尼，真的很不實際。要是你進事務所，將來有可能會一年賺到兩千英鎊哪。」

「那的確容易得很。哈利叔叔賺的比這數目還多。」

「正是！你懂了吧！你不能回絕掉這樣的機會，這是很不理智的！」

她說得很堅決、很積極。她看得出來，這件事她得堅定不移，得替他們兩個做出明智決定。要是羅德尼看不出什麼才是對他自己最好的話，那她就得挑起這個重任。經營農場的念頭真是可愛、傻氣，而且可笑。他就像個小男孩。她自覺很堅強又充滿自信，而且充滿母愛。

「別以為我不了解你、不體恤你，羅德尼，」她說，「我懂得的。經營農場只不過是那些很不實際的事之一。」

他插嘴說，經營農場是很實際的事。

「對，但卻不在遠景之中，我們的遠景。眼前你有個很棒的家族事業可以繼承，還有一流的起步給你，你叔叔提供了令人驚訝的大方條件……」

「哦，我知道，遠比我期望的好太多了。」

「所以你不能……絕對不可以回絕！要是回絕了，這輩子都會後悔的，你會內疚得很。」

他喃喃地說：「那個可恨的辦公室！」

「噢，羅德尼，其實你沒有你以為的那麼討厭它。」

「我討厭它。你要記得，我在那裡待過五年，當然知道自己的感受。」

「你會習慣的。而且現在也不一樣了，相當不一樣，我是指你現在是合夥人。你終究會對工作感興趣的，也會對工作上遇到的人感興趣。你等著看，羅德尼，最後你會很快樂的。」

那時他曾深深地、憂傷地看著她。目光中流露著愛意、絕望以及其他。也許，那是最後一絲希望的閃現吧……

他曾反問說：「你怎麼知道我將來會快樂呢？」

當時她很輕鬆愉快地回答說：「我相當有把握你會快樂的。你等著看吧！」

她還開心地點點頭，帶著權威感。

羅德尼嘆了一口氣，突然說：「好吧！那就照你的意思做吧！」

對，鍾恩心想，那次真是僥倖脫險。羅德尼真是好運，幸虧她堅守立場，沒有讓羅德尼因為突發奇想而毀掉前程！男人家，她心想，要是沒有女人的話，不知道會把自己的人生搞得多慘。女人生性穩定，了解現實……

對，羅德尼有她真是好命。

她低頭瞧了一下手錶，十點半，沒必要走得太遠——尤其（她笑了）根本沒有地方可去。

她回頭看看，不得了，招待所簡直就像消失在地貌中，快要看不到了。她心想，我得小心點別走得太遠，搞不好會迷路。

真是可笑的念頭……不，說不定並沒有那麼可笑。遠方的山脈此時已跟天上的雲交織在一起，難以分辨。火車站也不存在了。

鍾恩欣賞地看看周圍，什麼都沒有，一個人都沒有。

她優雅地在地上坐下來，打開包，取出信紙簿和鋼筆，打算寫幾封信。把她的感受傳達給別人，應該挺有意思的。

她該寫給誰呢？萊諾．衛斯特？珍妮特．安內斯摩爾？杜蘿西亞？看來還是寫給珍妮特吧。她扭開鋼筆套，開始用流暢的筆跡寫了起來：

最親愛的珍妮特：

你絕對猜不到我是在哪裡給你寫這封信！在曠野中央。因為沒趕上火車，要等下一班，所以我滯留在這裡。火車每星期只有三班。

這裡有間招待所，管事的是個印度人，還有很多母雞、一些怪模怪樣的阿拉伯人和我。沒人可以說說話，也沒事情可做。真說不出我有多享受這時光！

沙漠空氣美妙極了，難以置信的新鮮，還有那種靜謐，你得要體會過才能明白。這麼多年以來，我好像第一次可以好好想事情！以往一直過著忙死人的生活，總是東奔西跑的，這是沒辦法的事，但是人真的應該抽空靜下心來想想，休養一下。

我來這裡才不過半天時間而已，卻已經覺得好太多了。這裡沒有人，我從來不曉得自己有那麼想要遠離人群一下。知道方圓幾百英里內除了沙和陽光之外，什麼都沒有，令人感到非常放鬆……

鍾恩的筆很流利地在紙上留下了字跡。

第三章

鍾恩停下筆來看看手錶。

十二點一刻了。

她已經寫了三封信，鋼筆墨水都用完了。她也留意到信紙簿快見底了。這可真討厭，本來還可以再寫給好幾個人的。

不過，她沉思著，寫了一陣子之後，內容大致相同：太陽、沙地，以及有時間休息一下好好思考一番，是多美妙的事……這些全都是真的，但每次都得用點文字變化，把同樣內容寫出來，實在挺累的……

她打了個呵欠。陽光曬得她頗有睡意。吃過午飯後要去躺躺，睡個午覺。

她站起身來，緩緩朝招待所散步回去。

不知道布蘭西此時在做什麼？一定已經到巴格達跟她丈夫會合了。那個丈夫聽起來像是挺糟糕的男人。可憐的布蘭西，竟淪落到這種地步。當初要不是為了那個長得很帥的獸醫哈瑞・馬斯同——要是布蘭西遇到的是像羅德尼這樣的好男人——布蘭西自己也說羅德尼很有魅力的。對，布蘭西還說了些別的。她說什麼來著？是跟羅德尼花心有關。真難聽的話，而且根本就不是真的！完全不是真的！羅德尼從沒有、一次都沒有過……

之前那個念頭又出現了，但這回不像蛇般一閃而逝，而是整個橫過了鍾恩的腦海。

那個姓蘭道夫的女孩……

真是的！鍾恩憤怒地想，腳步略微加快，彷彿要趕過某個不受歡迎的思緒。我搞不懂幹嘛要想起那個姓蘭道夫的女孩，這不就好像是說羅德尼……

我的意思是，什麼事也沒有……

根本沒那回事……

米娜・蘭道夫天生就是那種女人，那種高大、深色髮膚、長相甜美的女孩。她要是看上了哪個男人，就會毫不保留地大肆宣揚。

坦白說，她曾對羅德尼使出渾身解數，不斷說他有多棒，打網球時總是找他搭檔，甚至在派對中對他拋媚眼放電。

羅德尼當然有點飄飄然，只要是男人都會吧！要是羅德尼受到這樣一個比自己年輕很多、又是鎮上最漂亮女孩之一的青睞，而不感到飄飄然的話，那才荒謬呢！

鍾恩暗想，要不是我在這件事情上處理得夠聰明圓滑的話……

她帶著點自我讚許地重溫過去的表現。她把事情處理得很好，真的很好。點到為止。

「你女朋友在等著你哪，羅德尼，別老讓她等……當然是米娜．蘭道夫呀……哦！是的，她是，親愛的……她有時候真的把自己搞得挺可笑的。」

羅德尼曾經發過牢騷。

「我不要跟那個女孩搭檔打網球，把她跟別人編到一組去。」

「別這麼失禮，羅德尼。你一定要跟她一起打。」

這才是處理事情最正確的正確方式——點到為止、俏皮地表現出她很清楚知道不會有什麼大不了的……

儘管羅德尼忿忿不平地抱怨、假裝生氣，但一定挺受用的。米娜．蘭道夫是那種幾乎每個男人都覺得她很有吸引力的女孩。她任性善變，對追求她的人很不屑，會說些不客氣的話，然後又拋媚眼勾引他們回到自己身邊。

說真的，鍾恩心想（內心冒起了不尋常的無名火），那個討人厭的女孩淨做些破壞我婚姻生活的事。

不，她並沒有怪羅德尼，她怪那個女孩。男人家是很容易被哄得飄飄然的，而羅德尼和我已經結婚……多少年了？十還是十一年？十年是作家筆下所謂的婚姻危險期、容易出軌的時候，得要小心地度過，直到穩定下來、回到常軌為止。

就像她和羅德尼曾經……

她並不怪羅德尼，即使是那個出乎意料的吻。

沒錯，那個在槲寄生枝葉下的吻！

當她走進書房時，那個女孩竟厚顏無恥地說：「我們是在遵守槲寄生的風俗[11]，斯卡達摩太太，希望你不介意。」

幸好，鍾恩心想，我處變不驚，不動聲色。

「喏，米娜，別纏著我丈夫！去找跟你相配的年輕小伙子吧！」

她半開玩笑地把米娜趕出書房。

然後羅德尼說：「對不起，鍾恩。不過她是個挺有魅力的丫頭，而且現在又是耶誕節。」

他站在那裡對她微笑道歉，卻一點也沒有羞怯或難過的樣子。這表示他並沒有真的到很過分的地步。

而且也不可以更過分了！她已經下定決心，要小心提防不讓羅德尼再跟米娜湊到一塊兒。

第二年復活節期間，米娜就跟阿靈頓家的兒子訂婚了。

所以其實整件事到後來完全沒了下文。或許羅德尼曾經從中有過一點小樂趣，可憐的老伴羅德尼，真該讓他有點小樂趣的，他工作得那麼辛苦。

十年了！對，那是個危險期。她記得連她自己都曾經感到心猿意馬……

那個看起來放蕩不羈的年輕人，那個藝術家……叫什麼名字來著？她真的一點也不記得了。那時她不是也對他有點意思嗎？

她微笑著對自己承認了當年是真的——沒錯——的確是有點發了傻。那男人如此殷勤，肆意地盯著她看，然後問可不可以當他的模特兒。

當然這只是個藉口。他畫了一、兩張炭筆素描，後來都撕掉了，說是無法把她「捕捉」到畫布上。

鍾恩還記得那種微妙的、受恭維且陶醉的感覺。可憐的年輕人，她那時這樣想過，恐怕真的挺喜歡我的。

是的，那個月挺愉快的。

不過這事到頭來卻挺教人不安的，根本不像原先所想；事實上，麥可．柯洛威（柯洛威！對了，他姓柯洛威）是個令人十分不快的人。

她還記得他們一起去散了步，是在哈靈樹林裡，走在那條從阿謝當山頂曲折通往梅德韋的小路上。之前他以生硬又害羞的口吻邀她來散步。

她已模擬好兩人可能會有的對話。他可能會告訴她，說他愛她，而她則會很可人又親切地表示理解，帶有一點點——只有一點點——的遺憾。她想了好幾種可能用得上的迷人說法，可以讓麥可事後一再回味。

11 西方風俗，耶誕節時會懸掛槲寄生枝葉，男女若在此枝葉下相遇，無論是否相識，皆可向對方求吻。

結果完全不是那麼回事。

事情演變得根本不是那樣！

事實是，麥可．柯洛威出其不意地抓住她，狂暴粗野地吻了她，讓她一下子喘不過氣來。他放開她時，很大聲且洋洋自得地說：「老天，我要的就是這個！」跟著就填起菸斗來，對她的怒罵充耳不聞，完全不當一回事。

他還伸著懶腰打呵欠、快活地說：「我覺得好多了。」

鍾恩回想起那一幕，心想，這完全就像男人在口渴時灌下一杯啤酒之後會說的話。

兩人之後在沉默中走回家──應該說是鍾恩默默無語，麥可．柯洛威卻似乎從異常喧鬧轉而想唱歌。來到樹林邊緣，就在快要走到克雷敏斯特市集渥普林大道前，他停下腳步，不帶感情地端詳著她的臉，然後以沉思的語氣說：「你知道，你就是那種應該被人強姦一下的女人，這樣對你可能有幫助。」

然後，就在她憤怒驚訝得說不出話，只是呆在那裡時，他又快活地補上一句：「我倒是樂意強姦你一下，然後看看事後你是不是會有一點點不同。」

接著他就踏步走到大路上，不再唱歌，改為輕鬆愉快地吹起口哨來。

當然，從此以後她再也沒跟他說過話，而他也在幾天後離開了克雷敏斯特。

這是件奇怪、令人費解又困擾的事，不是鍾恩願意去回想的。她覺得奇怪，自己為什麼現在會想起來……

可怕，整件事情都是，相當可怕。

她寧願馬上把這件事丟開。畢竟當人在陽光和沙地中休憩時，不會想要去回想不愉快事情的。多得是愉快又刺激的事情可以想。

午飯說不定準備好了，她看看錶，卻發現還差一刻才一點。

回招待所後，她進房間翻行李箱，看還有沒有信紙。沒了，沒有信紙了。唉，好吧，其實也沒什麼關係，她已經寫累了，也沒什麼好寫的，總不能老是重複同樣的內容吧。她有些什麼書？對了，《凱瑟琳．戴茲夫人回憶錄》，還有臨行前威廉拿給她的一本偵探小說。他很好心，不過她其實不怎麼喜歡看偵探故事。另外還有約翰．巴肯寫的《權力之家》，這一本應該出版很久了，她很多年前就看過了。

好吧，到阿勒坡車站時，她可以再買些書。

午飯有煎蛋捲（煎得太老，所以挺硬的）、咖哩蛋，還有一盤鮭魚（罐頭的）以及烘豆子和罐頭桃子。

這頓飯滿難消化的。飯後鍾恩回房去躺在床上，睡了三刻鐘，醒來後閱讀《凱瑟琳．戴茲夫人回憶錄》，一直看到喝下午茶時。

她喝了奶茶（罐裝牛奶），吃了些餅乾，然後出去走走，回來後把書看完了。接著是晚飯時間，有煎蛋捲、咖哩鮭魚飯，一盤蛋和烘豆子以及罐頭杏子。飯後她開始閱讀那本偵探小說，到了要上床時，已經看完了。

印度人輕鬆愉快地說：「晚安，夫人。明天早上七點半火車會到，但晚上八點半才會發車。」

鍾恩點點頭。

還要再多待一天。她還有一本《權力之家》，可惜它篇幅很短。然後她靈機一動。

「明天會有旅客搭火車來吧？喔，但我料想他們會馬上就換車前往莫蘇爾吧？」

那人搖搖頭。

「明天不會去莫蘇爾，我想是不行。今天沒有車隊到，我想通往莫蘇爾的路況可能很糟糕，樣樣事都得拖延很多天。」

鍾恩心中一喜。明天應該會有旅客下火車到招待所來，這挺不錯的，肯定會有可以交談一下的人。

上床睡覺時，她的心情比十分鐘前開朗多了。她認為這地方的氣氛有點……大概是那股難聞的油耗味造成的吧！一種挺讓人情緒低落的氣味。

第二天早上八點她醒了，起床換好衣服，出了房間走進飯廳，桌上只擺了一份餐具。她喚人，那個印度人就走了進來。

他看起來滿激動的。

「夫人，火車沒來。」

「沒來？你是說火車誤點？」

「是根本沒來。沿線雨勢很大，尼希賓的另一邊。鐵軌被沖跑了，火車會有幾天不能通過，說不定三、四天，五、六天。」

鍾恩沮喪地看著他。

「那麼……我該怎麼辦？」

「您留在這裡，夫人。吃的東西很多，也有很多啤酒、很多茶。很好的。您就在這裡等到火車來為止。」

噢！老天，鍾恩心想，這些東方人，時間對他們來說一點意義都沒有。

她說：「能不能幫我弄一輛車來？」

他像是覺得很好笑似的。

「汽車？您去哪裡弄輛汽車？通往莫蘇爾的路況很糟糕，樣樣都卡在河床的另一邊。」

「你能不能打電話到鐵路局去問問？」

「打到哪裡？土耳其？土耳其人很難搞的，什麼都不做，他們只負責開火車。」

鍾恩心想，這下要按照她所希望的銜接旅程走看來很可笑，這裡根本就與文明世界隔絕，既沒有電話，也沒有電報、汽車。

印度人安慰她說：「天氣很好，有很多吃的，通通都很舒適。」

嗯，鍾恩心想，天氣的確很好，這點倒是很幸運。要是得整天坐在這屋裡的話，那才真糟糕呢！

這人彷彿看出她的想法似的說：「這裡的天氣很好，很少下雨，雨都下在莫蘇爾一帶，鐵路沿線。」

鍾恩在擺好餐具的位子上坐下，等早餐送來。剛才的沮喪感已經過去了。瞎忙一通沒什麼好處，她太曉得這點了。這是沒辦法的，但這樣浪費時間卻頗惱人。

她苦笑想著：看來真應驗了那時跟布蘭西說的。那時說如果有個空檔能休養一下精神，我會很高興。嗯，這下真的有了！這裡什麼事都沒得做，甚至連閱讀的東西也沒有。說真的，在沙漠中好好休養一番，應該會對我大有助益。

想到布蘭西，就帶出了有點不太愉快的聯想，某樣她肯定不願去回想的事。講真的，幹嘛要去想布蘭西呢？

吃完早飯後，她走出去，就像之前一樣，走到離招待所適度遠的地方，然後坐在地上。有好一會兒，她坐著、半闔著眼，一動也不動。

感受這種安詳平靜逐漸滲到心裡的感覺真好，她心想，要來好好感受一下這樣的好處：具有療效的空氣、可愛的溫暖陽光，還有這一切所帶來的安詳感。

她持續保持這姿勢。過了一會兒，看看錶，十點十分。

她心想：今天早上時間過得挺快的……

寫幾句話給芭芭拉怎麼樣？真是的，昨天怎麼沒想到要寫信給芭芭拉，反而給在英國的朋友寫了那些無聊信，這可真怪。

她拿出信紙和筆。

親愛的芭芭拉（她寫道）：

我旅途並不順利，錯過了星期一的火車，顯然要在這裡困上好幾天了。這裡非常寧靜，陽光很好，所以我挺開心的。

她停下筆來。接下來要說些什麼？講講寶寶還是威廉？布蘭西究竟是什麼意思？不用擔心芭芭拉？難怪！這就是為什麼鍾恩不願意想起布蘭西的原因。布蘭西講起芭芭拉的事時，是那麼怪異。

講得好像她這個身為芭芭拉母親的人，連自己孩子的事都不知道似的。

「我肯定她現在沒事了。」這是說曾有什麼事不對勁嗎？是哪方面的事呢？布蘭西曾經暗示說芭芭拉太早婚了。

鍾恩忐忑不安起來，她記得羅德尼也說過類似的話。他曾經很突然又罕見地斷然說過：「鍾恩，我很不樂見這宗婚事。」

「噢，羅德尼，為什麼？他人這麼好，而且他們兩個看來又登對得很。」

「他是個很不錯的年輕人，可是芭芭拉並不愛他，鍾恩。」

她吃了一驚，大大吃了一驚。

「羅德尼，真是的，多荒謬啊！她當然愛他！要不然她幹嘛想嫁給他？」

他頗隱諱地回答說：「這就是我所擔心的。」

「可是，親愛的，說真的，你是不是有點荒謬？」

他沒理她那種刻意的輕鬆語氣，反而說：「要是她不愛他的話，就絕對不可以嫁給他。她太年輕，也太沒定性了。」

「哎，真是的，羅德尼，你對於定性懂多少呢？」

她忍不住覺得好笑。

但羅德尼笑都不笑。他說：「有時候，女孩子的確會為了要離家而嫁人的。」

聽到這裡，她索性哈哈笑了起來。

「沒有哪個家比得上芭芭拉的家了！哎，有哪個女孩的家庭生活比她的更幸福？」

「鍾恩，你真的這樣認為嗎？」

「那還用說！我們家樣樣事都為兒女做得十全十美。」

他緩緩地說：「他們好像不怎麼帶朋友來家裡。」

「哪有？親愛的，我常常舉辦派對，邀年輕人來家裡啊！這點我早就強調過了，是芭芭拉自己說她不想辦派對，也不想請人來的。」

羅德尼以一種令人不解又不滿的態度搖著頭。

後來，那天晚上，她正要進房間時，卻聽見芭芭拉很不耐煩地大聲叫嚷：「爸爸，沒用的，我非走不可。我再也受不了，也別叫我去別的地方找個工作，我討厭這樣。」

「怎麼回事？」鍾恩問。

停了一下，只是一下下而已，芭芭拉開口解釋，臉不由自主紅了起來。

「爸爸以為他最懂！他要我先訂婚幾年。我跟他說我受不了這樣，我要嫁給威廉，跟他去巴格達。我認為那裡會很好。」

「哦，親愛的，」鍾恩著急地說，「但願你不要嫁到那麼遠的地方。我寧願你就像以往一樣待在我眼前。」

「噢！母親！」

「我知道，親愛的，可是你不曉得自己有多年輕、多沒經驗。要是你住得離家不太遠，我就能幫你很多忙了。」

芭芭拉微笑著說：「嗯，看來好像我得自力更生，不能沾你的經驗和智慧之光了。」

就在羅德尼緩緩走出房間時，芭芭拉突然追上去，從後面抱住他脖子說：「親愛的老爸，親愛、親愛的……」

真是的！鍾恩心想，這孩子變得感情相當外露。但這好歹顯示出羅德尼的想法大錯特錯。芭芭拉正陶醉在跟她的威廉一起去中東的念頭中，而且看到戀愛中的兩個年輕人對未來充滿計畫，真好！

去巴格達竟然會牽扯到芭芭拉在家裡不開心，這想法真怪。不過這似乎是個謠言和閒話滿天飛的地方，搞得人都不太喜歡提到別人。

就拿賴德少校來說吧。

她本人從來沒跟賴德少校見過面，但是芭芭拉寫回家的信上卻經常提到他。賴德少校來吃晚飯。他們跟賴德少校去射擊。芭芭拉夏天要去阿坎杜斯，和另一個少婦同住一棟平房，賴德少校也在同時期去了那裡。他們一起打了很多次網球，後來，芭芭拉和他還贏了俱樂部的混合雙打。

所以，對鍾恩來說，順口問起賴德少校是很自然的事。她久聞此人，因此當然老早就想見見他了。

結果她這一問起，場面就尷尬得很莫名其妙。芭芭拉臉色發白，威廉卻脹紅了臉。過了一、兩分鐘，他才以很奇怪的語氣含糊地說：「我們現在沒怎麼見到他了。」他的態度很忌諱的樣子，因此她就不想再說什麼了。但後來等芭芭拉上床睡覺以後，鍾恩重提此事，微笑著說，她好像說錯話了。她本來以為賴德少校是個往來挺密切的朋友。

威廉站起身來，把菸斗往壁爐上敲敲。

「喔，我不知道算不算，」他含糊地說，「我們在一起射擊過幾次，就這樣而已。但已經很久沒來往了。」

鍾恩心想，他並沒有掩飾得很好。她暗笑，男人都這麼一眼就能讓人看穿。她對威廉這種老派的含蓄感到有點好笑，他可能以為她是個很一本正經又古板的女人，一般常見的岳母。

「我曉得了。」她說，「有些醜聞吧？」

「你是指什麼？」威廉頗生氣地轉向她。

「好女婿！」鍾恩微笑著對他說，「從你的態度就可以明顯看出，我猜你是發現他有些不對勁，所以不得不跟他疏遠。噢，我不應該多問的。這些事情很讓人痛心，我知道。」

威廉緩緩地說：「對……對，你說得對。這些事是讓人很痛心。」

「人都以君子之心去看待別人，」鍾恩說，「然後，當發現自己看錯人時，就很尷尬又不愉快了。」

「他已經在本地消失了，這倒是好事。」威廉說，「他去了東非。」

然後鍾恩突然想起有一天在阿威亞俱樂部裡無意間聽到的談話片段，是關於諾比·賴德去烏干達的事。

有個女人說：「可憐的諾比，這裡的每個小傻瓜都追求他，這實在不是他的錯。」

然後另外一個年紀比較大的女人很不屑地笑說：「他也真為她們不厭其煩哩。他喜歡的是那些如朝露般涉世未深的新嫁娘。我得說他真的很有一手！他非常具有吸引力，女孩們總以為他在熱戀著自己，其實這時他通常正想著轉移到下個目標。」

「哎，」前一個女人說，「我們都會很想念他的，這人真有趣。」

其他人都笑了起來。

「有一、兩個丈夫可不會對他的離去感到遺憾哩！事實上，沒幾個男人喜歡他。」

「他的確在這地方鬧出太多事，搞到自己待不下去了。」

然後第二個說話的女人「噓」了一聲，聲音小了下來，於是鍾恩就再也聽不到什麼了。當時她沒怎麼留意這番談話，但現在回想起來，她感到好奇。

要是威廉避而不談，說不定芭芭拉比較肯鬆口。

哪知芭芭拉非但沒有鬆口，反而非常明確又相當不以為然地說：「我不想提他，母親，你不介意吧？」

鍾恩心想：芭芭拉向來都不願談任何事情。她對自己的病情以及病因都絕口不提，又很敏感，頗令人費解。一開始說是中毒，鍾恩就自然而然地將它當作是某種食物中毒。食物腐壞在這種炎熱天氣是很常見的，所以她就這麼認為了。然而威廉和芭芭拉都很不願意談詳情，身為芭芭拉的母親，她自然會去詢問醫生，結果醫生也三緘其口，不談此事。他還叮嚀不可去問年輕的瑞太太病情，或者讓她老想著自己的病。

「她現在需要的是細心照料，慢慢恢復健康。討論為什麼以及病況，談這些有的沒的對病人一點好處都沒有。斯卡達摩太太，這是我給你的一個提醒。」

鍾恩覺得他是個很不討人喜歡、沒人情味的人。即使鍾恩出於母愛、十萬火急地從英國趕來，他卻一點也沒把這當一回事。

好吧，不管怎樣，芭芭拉倒是很領情的，起碼鍾恩認為如此……她的確有好好地感謝自己的母親。威廉也一樣，說她有多好等等。

她說過多麼希望母親能夠再待下去，而威廉則說，對，他也這樣希望。然後她叫他們別慫恿她，因為真的太誘人了，她會喜歡在巴格達過冬的，但畢竟要替芭芭拉的父親著想，這樣對他很不公平。

芭芭拉則小聲含糊地說「親愛的老爸」，過了一會兒之後才說：「母親，說真的，你為什麼不多待一陣子呢？」

「你得替你爸爸想想啊，親愛的。」

芭芭拉用她過去偶爾會有的奇怪冷淡語氣說，她「是」有在替爸爸著想啊！可是鍾恩說，不行，她不能把親愛的可憐老伴丟給傭人們。

就在她離開之前幾天，一度差點改變主意。她大概可以再多留一個月，但威廉卻頗具說服力地指出，在這季節太晚走的話，沙漠地區的交通會有太多變數。她早就對此有所警覺，也決定最好還是按照原定計畫。那之後，威廉和芭芭拉都對她好得很，以至於她差點又想改變主意——但也不完全真的想就是了。

不過說真的，在這季節裡不管多遲才上路，都不會比眼前這情況更糟的了。

鍾恩又看看錶，差五分十一點。人似乎可以在相當短的時間內想很多事情。

如果有把《權力之家》帶出來就好了，不過這大概是她能閱讀的唯一書籍了，還是把它留在招待所裡比較明智，留著慢慢看。

到吃中飯前還有兩個小時要打發。她今天想要在一點鐘吃中飯，說不定最好再走一下。只不過這樣漫無目的地走，沒有個特定目標，看起來挺傻的，何況太陽又挺曬的。

好吧，她不是經常希望能有些時間可以想想事情嗎？眼前正是大好機會，即使不是絕後，也算是空前了。那麼，有哪些事情是她曾經亟需想清楚的呢？

鍾恩在腦海中搜索，但是絕大部分好像都是些彼時彼地才重要的事：要回想她把這個或那個放在哪裡了，要決定怎麼安排傭人放暑假，要怎麼重新布置家中原本當作課室的房間。

這些事情現在看來都頗遙遠又不重要。在十一月就計畫傭人的暑假實在太早了，何況，她得要知道聖靈降臨節是哪天，需要有明年的曆書才行。不過倒是可以決定一下課室要怎麼重新布置。牆壁要用淺米色。米灰色套子加上鮮豔的靠墊怎麼樣？對，這樣很好。

十一點十分。重新布置課室並沒有花多少時間！

鍾恩模糊地想著，要是早知道的話，我就會帶些關於現代科學和新發現的有趣書籍來，譬如量子學之類的。

然後她覺得奇怪，是什麼讓她想起量子學？對了，是桌布，還有舍斯頓太太。

因為她有一次和銀行經理舍斯頓的太太在討論客廳沙發印花布面等惱人問題，講到一半，舍斯頓太太很突兀地說：「但願我夠聰明，能懂得量子學就好了。那實在是很迷人的理念，不是嗎？所有的能量都藏在小小的單位裡。」

鍾恩當時傻眼地看著她，因為實在想不出科學理論和印花布面有什麼關係。舍斯頓太太則臉紅起來說：「我真是傻頭傻腦的。不過你知道腦子有時就是會突然想到些什麼，而且這的確是個很扣人心弦的理念，不是嗎？」

鍾恩卻不認為這個理念有什麼扣人心弦的，於是談話就此打住。不過她倒是記得舍斯頓太太的印花棉布——或者該說是手染的布面，圖案是棕、灰、紅色的葉子。她曾問說：「這看來好別緻，會很貴嗎？」舍斯頓太太說，對，很貴；然後又補充說，之所以買下來，是因為她很喜歡森林和樹木，她的夢想是能去緬甸或馬來亞之類的地方，那兒的東西生長得很快，真的很快！她又用急切的語氣說了一遍，一面用頗笨拙的手勢比劃出那種迫不及待的心情。

那種布面，如今鍾恩回想起來，一碼起碼要十八先令六便士，在當年簡直是離譜的價格。要是曉得舍斯頓經理給太太多少家用和裝潢布置費的話，人們心裡就有數，將來會有什麼樣的結果。

鍾恩自己從來都不喜歡那個男人。還記得坐在銀行那人的辦公室裡，討論重新投資某些持股時，舍斯頓坐在辦公桌後，跟她面對面。他是個高大活潑、散發出和藹友好氣氛的男人，禮數頗為誇張……「親愛的女士，我是見過世面的人」，他好像在這樣表示，「別以為我只是一部金錢機器。我是網球員、高爾夫球手，很會跳舞、打橋牌。真正的我，是你在派對上見到的那個，不是在辦公室裡說『不得再透支』的那個人」。

一個滿口空話的吹牛大王！鍾恩憤怒地想。品行不端，永遠品行不端。他一定是從一開始就做假帳，或者用了其他欺詐手法。然而幾乎每個人都喜歡他，說舍斯頓是個多麼好的人，一點都不像一般的銀行經理。

嗯，這點倒是真的，一般的銀行經理是不會虧空公款的。

好吧，好歹萊絲麗・舍斯頓從中得到了她那套手染布面。倒不是說有人認為舍斯頓因為娶了個奢侈的太太所以才走上了欺詐的路，你只要看看萊絲麗．舍斯頓，就知道錢對她來說沒什麼意義。她總是穿著破舊的綠色花呢衣服，在花園裡到處挖掘；要不就在鄉下地方漫遊。她也不怎麼管孩子穿得好不好。有一次——那是很後來的事——鍾恩記得，有天下午萊絲麗．舍斯頓請喝下午茶，拿了大麵包和一條牛油出來，還有些自製果醬，連同廚房用的茶杯、茶壺等，通通堆在一個托盤裡端上來。她是個邋遢、開朗、粗枝大葉型的女人，走起路來有點歪向一邊，臉也似乎跟著集中在那一邊，但這邊臉上的笑容卻挺好的，使得人們喜歡她這個人。

啊！真是的，可憐的舍斯頓太太，她的人生很淒慘，非常淒慘的人生。

鍾恩不安地挪動著。她怎麼讓「淒慘的人生」這樣的形容跑到腦子裡來了？這讓她想起了布蘭西．哈格（不過那卻是另一種淒慘的人生）。想到布蘭西，就又讓她回想起芭芭拉以及和她病情相關的細節。難道除了會引人痛苦而不願去想的事之外，就沒別的事好想了嗎？

她又看看錶。起碼，手染沙發布面以及可憐的舍斯頓太太已經花掉了將近半小時。現在她還可以想些什麼呢？一些愉快的、不會聯想起令人困擾之事的。

羅德尼大概是可以想的最保險主題了。親愛的羅德尼，鍾恩滿心愉快地想著丈夫，腦海浮現出上次在維多利亞火車站月台，火車即將開動時，他向她告別的情景。

對，親愛的羅德尼。他站在那裡抬頭望著她，陽光照耀著，無情地把他眼角的細紋照得一清二楚。很疲累的眼神，對，很疲累的眼神，有著深沉憂傷的眼神。（不對，她心想，羅德尼並不憂傷，那只是長相使然。某些動物天生就有憂傷的眼神。）何況，通常他都戴眼鏡，所以你不會留意到他眼中的憂傷。但是他看起來的確像個疲累的人。這也難怪，他工作得這麼辛苦，幾乎沒放過一天假。（等我回去以後，我要改變這一切，鍾恩心想，他得要有多一點的休閒時間，我早該想到這點。）

沒錯，在明亮陽光下，他看來老了，或比實際年齡老。她在車上往下看，他則抬頭看她，兩人互說一些分別前的無聊客套話。

「我想你到了法國加萊應該不用過海關。」

「不用，我相信應該是直接就上東方快車。」

「記住，是布林地西車廂。我希望地中海人規矩些。」

「但願我能在開羅逗留一、兩天。」

「你何不就這麼做呢？」

「親愛的，我得趕去芭芭拉那裡。每個星期只有一班飛機。」

「就是，我忘了。」

開車的哨子響了。他微笑仰望著她。

「照顧好自己，小鍾恩。」

「再見，別太想我喔！」

火車猛然晃震一下，啟動了。鍾恩把手抽回來。羅德尼揮揮手，然後轉身走開。一個衝動，她又探身窗外，羅德尼正大步走在月台上。

看到那個熟悉背影，她突然感到一陣悸動。他看起來多年輕啊！頭抬得高高的，肩膀挺直。這讓她相當震驚……

她看到的，是個年輕、逍遙自在的男人，在月台上昂首闊步。

這讓她想起了當年剛認識羅德尼的那天。

在網球俱樂部，人家把羅德尼介紹給她，然後兩人就直接到網球場上去了。

他說：「我打靠網的位置好嗎？」

也就是在那時，她見到他的背影，看著他大步走到網前就位，心裡想著：他的背影真帥……走路時那種瀟灑自信，頭部和頸部的姿態……

然後她突然緊張起來，雙發失誤，不禁臉紅耳熱，感到很難為情。

這時羅德尼回過頭來，對她鼓勵地笑笑——那親切、友善的微笑！那時她就想，多麼有魅力的年輕人啊……接著就愛上他了。

從火車上望出去，看著羅德尼漸行漸遠的背影，直到被月台的人潮淹沒，她回味著多年前的那個夏天。

簡直就像歲月突然從羅德尼身上消失了，讓他再度成為當年那個熱切、有自信的年輕人。

彷彿歲月消失了……

猛然間，雖然置身在沙漠裡，烈日當頭，鍾恩卻不由自主地打了個寒顫。

她心想，不，不要，我不要再想下去了，我不要再去想這個。

羅德尼昂首挺胸、大步走在月台上，疲累下垂的雙肩不見了，這是個從難以承受的重擔中解脫的男人……

真是的，她是怎麼回事？她在胡思亂想，編造出這些事。是她的眼睛戲弄了她。

他為什麼沒有等到火車開走為止？

嗯，他為什麼要等？他要趕著回倫敦處理待辦的事。有的人不喜歡看著火車離站，因為受不了火車把他們心愛的人帶走。

說真的，不可能有人像她這麼清楚記得羅德尼的背影的！

她是在憑空想像。

停，這樣想也好不到哪裡去。要是你會想像出這樣的事，就表示這念頭其實老早潛伏在你腦中了。

可是這不可能是真的，她推理得出的結果根本不可能是真的。

她是在跟自己說（有嗎？）：羅德尼很高興她走掉……

但這根本不可能是真的！

第四章

鍾恩回到招待所時，確實熱壞了。她不自覺地加快了腳步，以便逃離最後在想的那個不願去想的念頭。

印度人好奇地看著她說：「夫人走得好快。為什麼走這麼快？這裡時間很多的。」

噢！上帝，鍾恩心想，時間的確是很多！

那個印度人、招待所、母雞、空罐頭，還有鐵蒺藜，全都惹得她心煩。

她走進寢室，找出了《權力之家》。

起碼，她心想，這裡涼爽又陰暗。

她翻開《權力之家》讀了起來。

到了午飯時間，她已經看了一半。

午飯有煎蛋捲，蛋捲周圍放了焗烤豆子。蛋捲之後，是一盤熱鮭魚配飯，還有罐頭杏子。

鍾恩沒吃很多。

飯後她回房間躺下。

要是在高溫下走太快而有點中暑的話，睡一下會比較好。

她闔上眼但卻睡不著。

她感到腦子特別清醒。

她起身吃了三顆阿斯匹靈，又回床上躺下。

每次一闔上眼，就見到羅德尼的背影在月台上漸行漸遠，離開了她，真讓人受不了！

她把窗簾稍微拉開，讓一些光線進來，然後拿起《權力之家》。讀到離結尾還有幾頁時，她睡著了。

她夢見自己跟羅德尼要去比賽，結果找不到球，但最後還是上了場。等到她開始發球，卻發現自己是在跟羅德尼和蘭道夫那個小妞對打。她發球，卻雙發失誤。她心想，羅德尼會幫我。可是她去找他卻找不到。人都走光了，天也漸漸黑了。只有我一個人，鍾恩心想，我孤單一人。

她驚醒過來。

「我孤單一人。」她大聲說。

夢境仍籠罩著她，在她看來，剛剛說出口的話簡直太可怕了。

她又說了：「我孤單一人。」

印度人伸頭進房間問：「夫人叫我嗎？」

「對，」她說，「送茶來。」

「夫人要茶？現在才三點鐘。」

「無所謂，我要茶。」

她聽到他邊走遠邊大叫說：「茶——茶。」

她起床走到蒼蠅屎斑斑的鏡子前，看到自己正常、光彩的模樣，很令她安心。

「我想，」鍾恩對著鏡裡的自己說，「你會不會是快要病了？你表現得很古怪。」

說不定她的確中暑了？

等到茶送來時，她覺得自己已經恢復正常了。事實上，整件事真的很滑稽，她，鍾恩．斯卡達摩，竟然會這麼神經兮兮的！不過當然不是發神經，而是因為中暑。太陽沒下山之前，她是不會再出去的了。

她吃了些餅乾，喝了兩杯茶，然後看完了《權力之家》。就在闔上書的時候，一陣疑慮突然襲來。

她想到：現在我沒東西可閱讀了。

沒東西可閱讀，沒紙筆可寫，沒女紅可做，什麼都沒得做，只能等著問題多多的火車，而火車則可能幾天都不來。

當印度人來撤茶時，她對他說：「你在這裡都做些什麼？」

印度人似乎對這問題很感驚訝。

「我照顧旅客，夫人。」

「我知道。」她耐著性子問，「但這花不了你所有時間吧？」

「我服侍他們吃早飯、中飯、下午茶。」

「不，不，我指的不是那個。你有幫手嗎？」

「有個阿拉伯小廝，很笨、很懶、很髒，什麼都要我盯著，不能靠這個小子。他負責送洗澡水、倒掉洗澡水、幫忙做飯。」

「這麼說，你們總共有三個人，你、廚子，還有那個小廝？你們不用做事的時候，一定有很多時間。你閱讀嗎？」

「閱讀？閱讀什麼？」

「書本。」

「我不閱讀。」

「那你不用工作的時候，都做些什麼？」

「我等著做更多工作。」

沒用的，鍾恩心想，沒辦法跟他們交談，他們根本就不懂你的意思。這個人一直待在這裡，日復一日，我料想，有時他也會放假，到鎮上喝個醉，並去看看朋友。但是連著很多星期他都是待在這裡。他當然有那個廚子和小廝作伴……小廝不用工作時，就躺在陽光下睡覺，生活對他而言就是這麼簡單。他們對我一點用都沒有，三個都沒用。這個人懂得的英文就只有吃和喝，還有「天氣很好」。

印度人走出了房間，鍾恩心情浮躁地在房裡踱著步。

「我不可以發傻，一定要做點計畫。為自己安排好思維流程，真的不准再讓自己……嗯……胡思亂想了。」

她檢討著，真相是，她向來過著充實又緊湊的生活，樂趣無窮，那是一種文明生活。如果生活是這樣的平衡，那麼當你面對無所事事的空虛時，免不了就茫然不知所措了。你愈是個能幹又有文化的女人，就愈難面對這種處境。

當然，有些人就算是在英國老家，也常常閒坐幾小時什麼也不做。想來他們會相當樂意過眼前這種生活。

即使是算得上活躍又精力充沛的舍斯頓太太，也會偶爾光是閒坐，什麼都不做。那通常是在她去散步的時候。她先是以驚人的精力走著，然後突然往一段原木或在一片石楠花叢中坐下來，就只是坐著凝望空中。

就好比那天，鍾恩以為那是蘭道夫妞兒……

回憶起自己當時的舉動，她有點臉紅起來。

真的，那舉動挺像在偷窺。這種行為有點讓她慚愧，因為，她其實並非那種女人。

但是話說回來，遇到像蘭道夫這種女孩……

這妞兒像是什麼道德觀念都沒有……

鍾恩竭力回想事情是怎麼個來由。

她送了些花去給葛內特老太太，然後才剛踏出那棟鄉下小屋門口，就聽到樹籬外的路上傳來羅德尼的聲音。除了他的聲音，還有個女人在回答他。

她趕快向葛內特太太告辭，走出門口來到外面的路上，剛好看見羅德尼的身影。她也很確定看見了蘭道夫妞兒，正悠然轉過山路拐角，往阿謝當山丘走去。

當然，對於自己當時的舉動，她並不覺得光彩，可是那時她覺得非得要知道不可。這不是羅德尼的錯，大家都知道米娜．蘭道夫是什麼樣的人。

鍾恩走上那條經過哈靈樹林的上坡小徑，穿出樹林後，來到阿謝當山丘光禿禿的山坡上，立刻就看到了他們的身影——兩個人坐著動也不動，凝望著山下發白、閃耀的鄉間景色。

看清楚了不是蘭道夫妞兒而是舍斯頓太太之後，她真的大大放下心來！他們甚至沒靠近坐在一起，兩人之間起碼有四英尺的距離。真是的！挺可笑的距離，連朋友都算不上！不過話說回來，萊絲麗．舍斯頓不算是很友善的人。意思是說，她並非善於表達友善的那種人，而且也絕對不是會被當成狐狸精的人，把她和狐狸精聯想在一起很滑稽。不，她應該只是出來散步，羅德尼正好趕上了她，出於他慣有的友善和禮貌，就順便陪她。

此刻，在爬上阿謝當山坡之後，他們就坐一會兒，欣賞一下景色，然後再下山。

說真的，教人吃驚的是，他們居然既不動也不說話。她心想，這可不是作伴的方式。喔，好吧，想來他們兩人都各有自己的心事。可能他們覺得彼此已經熟到可以不拘禮，不用客套地講話或交談了。

因為那時斯卡達摩夫婦已經跟萊絲麗．舍斯頓熟識。舍斯頓虧空公款的事件爆發，讓克雷敏斯特的人大為驚愕，舍斯頓本人當時正在獄中服刑。羅德尼在審判期間是舍斯頓的代表律師，也是萊絲麗的代表律師。他很為萊絲麗感到難過，帶著兩個年幼孩子，又沒有錢。大家都準備好要為可憐的舍斯頓太太感到難過的，要是他們後來沒有那麼難過，那也是萊絲麗．舍斯頓的錯，因為她始終不改開朗的態度，讓某些人很感震驚。

「我想，她一定是……」鍾恩曾對羅德尼說，「挺麻木不仁的女人。」

羅德尼頗不客氣地回答說，萊絲麗．舍斯頓是他見過比誰都有勇氣的女人。

鍾恩說：「哦，是啊！勇氣。可是勇氣並非一切！」

「難道不是一切嗎？」羅德尼反問，語氣相當古怪。接著就去上班了。

不可否認，勇氣的確是萊絲麗．舍斯頓的美德。面對要養活自己和兩個小孩的問題，又沒有一技之長，結果她還是克服了。

她先去幫菜農打工，直到完全學會了這一行；同時又從一位姑姑那裡獲得一小筆補助，和孩子租房子住。舍斯頓出獄時，發現她種水果蔬菜賣到市場上去，已經在全然不同的生活圈中立足了。他駕駛曳引機出入附近小鎮，孩子也幫忙做事，他們也因此總算過得不錯。舍斯頓太太做牛做馬般勤奮操勞，這點尤其功不可沒，她一定就是在那段時期裡開始有很多病痛，最後終於因此沒命。

唉！好吧，鍾恩心想，想來她是真的很愛那個男人。舍斯頓的確算是個帥男人，很受女人垂青。但他出獄時，看起來卻頗不一樣了。鍾恩後來只見過他一次，卻對他的改變大感震驚——眼神不定，又瘦又癟，仍然愛吹噓，仍然氣燄高張，意圖唬人。一個殘渣般的男人。可是他的妻子卻仍然愛他，不離不棄，這點倒讓鍾恩對萊絲麗·舍斯頓肅然起敬。

但另一方面，她認為萊絲麗對孩子的事處理得完全不對。

舍斯頓被定罪後，曾經接濟過他們的姑姑在他要出獄時，又進一步提供了機會。她說她願意領養小兒子，她也說服了另一個叔叔替大兒子付學費，而她本人則會帶兩個孩子去度假。他們可以採用單方契約改跟叔叔姓，而她和這個叔叔則會為孩子的將來負起經濟上的責任。

萊絲麗·舍斯頓二話不說就回絕了這個提議。在這點上，鍾恩認為她很自私，她是在幫孩子推掉好得多的生活，這種生活是她無法給孩子的，而且她還推掉了讓其中一個孩子免於沾染家醜汙名的機會。

不管她有多愛兩個兒子，鍾恩認為——羅德尼也同意她的看法——都該先為孩子的人生著想，而不是先想她自己的。

可是萊絲麗態度相當強硬，羅德尼只好放手不管。羅德尼曾嘆口氣說，他料想舍斯頓太太對自己的事最清楚。鍾恩心想，她無疑是個很固執的人。

在招待所裡焦躁地來回踱步時，鍾恩想起了萊絲麗．舍斯頓那天坐在阿謝當山坡上眺望的模樣。

她傾身向前，兩肘撐在膝上，雙手托著下巴，很奇怪地坐著不動，眺望著農田和耕地，望向小哈佛靈樹林山坡，那裡的橡樹和櫸木正漸漸變成金色和紅色。

她和羅德尼坐在那裡，那麼安靜，毫無動靜，只盯著前方。

為什麼沒有過去跟他們說話，或者加入他們？鍾恩自己也搞不清楚。

也許是因為她懷疑羅德尼跟米娜．蘭道夫有染，覺得良心不安所致？

總之，她沒有去跟他們說話，反而悄悄地從原路退回，走進樹林的遮蔽之中，然後走上回家的路。這是她從來不很願意去回想的事，當然更從來沒跟羅德尼提起。他可能會認為她在懷疑什麼，懷疑他和米娜．蘭道夫有染。

羅德尼走在維多利亞火車站月台上……

噢！老天，她可不會又要從頭去想這件事吧？

究竟是什麼讓她腦袋產生出這種怪念頭的？認為羅德尼（他一向都對她很專一的）會很樂得她不在眼前？

簡直就像是以為自己可以從男人的走路方式看出一切似的！

她打算把這整個可笑的想法拋到腦後。

要是老想像出這麼奇怪又不愉快的事的話，她最好就不要再去想任何跟羅德尼有關的事了。

直到目前為止，她從來都不是個會胡思亂想的女人。

一定是被太陽曬昏了。

第五章

那個下午和晚上都過得其慢無比。

鍾恩不想再在太陽當空之際出去了，等太陽快落下去時再說吧，所以就在招待所裡呆坐著。

大概過了半小時後，她又感到靜坐在椅子上實在很吃不消，就走進寢室，打開行李取出東西然後重新打包。她告訴自己說，衣物沒有摺疊得很好，她大可來做好這件事。

她很俐落快速地做完了這件事。這時已經五點鐘了，現在出去應該很安全，待在招待所裡實在令人氣悶，但願有東西可以閱讀就好了……

再不然，鍾恩絕望地想著，有個巧連環玩玩也好！

來到外面，她厭惡地看看那些空罐頭和母雞，還有鐵蒺藜。真是個惡劣的地方，糟透了。

她走著，為了有些改變，她朝著跟鐵軌和土耳其邊界平行的方向走去，這樣的走法給了她一點新鮮感。但是走了一刻鐘之後，效果又一樣了。這條位於她右邊四分之一英里、向前後延伸的鐵路，一點都沒有給她作伴的感覺。

除了寂靜之外，什麼都沒有，只有寂靜和陽光。

鍾恩突然想到她大可以背背詩，以前人家都認為她是個詩背誦得很好的女生。經過了這麼多年，現在來看看她還記得多少是很有意思的事。有段時期，她能背相當多首詩。

慈悲的特質是勉強不來的，
它就像天堂落下來的細雨12

接下來還有什麼？真笨，根本就不記得了。

別再害怕驕陽的炙熱
（這句開頭倒很貼切！然後呢？）
也別害怕嚴冬的酷寒
你的人間任務已完成

帶著你的酬勞回家去
金童和玉女全都得走
和掃煙囪者同歸塵土[13]

整體來說，這不是很喜氣的詩。她能不能記起哪首十四行詩呢？她以前知道那些詩的。「兩顆真心的結合」，就是羅德尼曾經問過她的那首。

有一天晚上，羅德尼突然很妙地問說：「『然而你那恆久的夏天將永不消逝』[14]，這是莎士比亞的詩，對嗎？」

「對，出自十四行詩。」

他又說：「『我絕不讓兩顆真心在結合時遇到障礙』，是這首嗎？」

「不是，是以『我能否把你比喻作夏日』開頭的那首。」

然後她就把整首詩背給他聽。真的朗誦得很好，表達出很多感情，也在適當處加以強調。

背完後，他並未加以讚許，反倒若有所思地重複念道：「狂風摧殘了嬌嫩的五月花蕾[15]……可是現在已經十月了，不是嗎？」

12 出自莎士比亞劇作《威尼斯商人》（The Merchant of Venice）。
13 出自莎士比亞劇作《Cymbeline》。
14 出自莎士比亞十四行詩第十八首。
15 本句與「我能否把你比喻作夏日」同樣出自莎士比亞十四行詩第十八首。

這話說得實在太不尋常了，以致她瞪眼看著他。他接著說：「你知道另外那首嗎？那首講兩顆真心結合的？」

「知道。」她停了一下，接著就開始朗誦起來：

我絕不讓兩顆真心在結合時
遇到障礙。愛不是愛——
如果見風就轉舵，
或遇動搖就屈服；
啊，不，它是永遠固定的標誌
在暴風雨中供仰望並永不動搖，
它是指引每艘迷航之舟的那顆星
它的價值難估算，雖然高度可測量。
愛不受歲月愚弄，雖然紅唇與紅顏
難逃歲月之鐮刀收割；
愛不會在短暫的時刻與星期中轉變，
反而承受歲月甚至到地老天荒。

如若這番話是錯的，並向我證實了
我就是從未寫作過，世人也未曾愛過。[16]

她朗誦完了，最後幾句還加強了語氣，充滿戲劇化的熱情。

「你不認為這首莎士比亞的詩我朗誦得挺不錯嗎？在學校時，人家都這樣認為，說我念起詩來很有感情。」

但羅德尼只是心不在焉地回答說：「這首詩其實不需要用什麼感情去念，光是文字本身就很有感情了。」

她嘆口氣喃喃地說：「莎士比亞真的很精彩，可不是嗎？」

羅德尼則回答說：「他真正精彩的地方是，他不過是個跟我們這些人一樣的可憐鬼。」

「羅德尼，你這話可真奇怪。」

他對她露出微笑，接著，彷彿剛清醒過來似的說：「是嗎？」

他站起身來走出房間時，喃喃說道：「狂風摧殘了嬌嫩的五月花蕾，夏日期限太苦短。」

她搞不懂他說的那句「可是現在不已經是十月了嗎？」是什麼意思。

他到底在想些什麼？

16 出自莎士比亞十四行詩第一一六首。

她還記得那年十月，天氣特別好，不冷不熱。

奇怪……現在她回想起來，羅德尼問她十四行詩的那天晚上，正好就是她看到他和舍斯頓太太坐在阿謝當山上的那一天。說不定是舍斯頓太太引述了莎士比亞的詩，不過卻不大像，因為她認為萊絲麗．舍斯頓根本就不是知識分子型的女人。

那年的十月實在很美好。

她清楚記得，過了幾天之後，羅德尼語帶困惑地問她：「這時節會長出這種東西嗎？」他當時指著一株杜鵑花。通常是在二月底或三月才開花的，但這株卻開得太早了。這株杜鵑開了血紅色的花朵，還長滿了花苞。

「通常不會，」她告訴他說，「春天才是開花季節。不過要是秋天氣候溫暖的話，有時候也會開花的。」

他用手指輕輕摸了其中一個花蕾，低聲喃喃地說：「嬌嫩的五月花蕾。」

三月，她告訴他，不是五月。

「就跟血一樣。」他說，「從心頭滴下的血。」

真不像羅德尼的作風，她心想，竟然會對花朵有興趣。

但是從那之後，他就一直對那株杜鵑情有獨鍾。

她還記得，多年之後，他總是在鈕釦孔上插一朵大花蕾。

花蕾太重了，當然！所以她早就知道一定會從鈕釦孔掉下來。

那時他們在教堂墓園裡，一個最不尋常的地方。

她是在回家的路上經過教堂時，看到他在那裡，於是就過去跟他會合，問說：「羅德尼，你在這裡做什麼？」

他笑著說：「在想我以後的結局，以及墓碑上要寫些什麼。不要用花崗岩，我想，太溫雅了。而且絕對不要有胖嘟嘟的大理石天使像。」

他們那時正低頭看著一塊新的大理石墓碑，上面有萊絲麗．舍斯頓的名字。

羅德尼順著她的視線看去，緩緩念出墓碑上的字。

「萊絲麗．亞德蘭．舍斯頓，查爾斯．愛德華．舍斯頓的愛妻，於一九三〇年五月十一日安息。上帝會拭去他們的淚水。」

停了一下之後，他又說：「想到萊絲麗．舍斯頓躺在像這樣的一塊冰冷大理石下面，似乎是蠢得要命的事，而且只有像舍斯頓那種天生蠢蛋才會選擇這樣的碑文。我不認為萊絲麗這輩子哭過。」

鍾恩感到有點震驚，又像是在玩個有點褻瀆的遊戲般說：「那你會選擇什麼樣的碑文？」

「選給她？我不知道。《聖經．詩篇》裡不是有這樣的詩句：在您面前有滿足的喜樂。我會選類似的句子。」

「我說的是為你自己選。」

「哦，為我？」他想了一、兩分鐘，自顧自地微笑著。「耶和華是我的牧者，祂領我到青草地上。這兩句對我非常合適。」

「我向來都認為，這種天堂意象聽起來挺沉悶的。」

「鍾恩，你認為天堂是怎麼樣的呢？」

「嗯……當然也不是那種金色大門等等之類的。我喜歡把它想像成一個國度，那裡的每個人都用某種神奇的方式讓人間變得更美、更幸福。為人服務，這是我對天堂的看法。」

「你可真是個可怕的虛偽小人，鍾恩。」他笑著說出這玩笑般的話，減輕了話中的刺。然後他說：「不用了，綠色幽谷對我來說就夠了。還有羊兒在傍晚的涼風中跟著牧者回家……」

他停了一下又說：「鍾恩，說來這是我自己的荒謬幻想，但我有時卻會玩味著這個念頭，想著下班回家的路上，我走在大街上，本應該順著巷道走進鐘鈴徑的，結果卻走進一處隱藏的山谷裡，谷裡有青草地，兩邊是柔美的樹林山巒。這山谷一直都存在著，隱密地坐落在鎮中心。你從繁忙的大街走進山谷，感到有些困惑，也許會說：『我走到哪裡啦？』然後人家就告訴你——你知道的，用很客氣的口吻說：你已經死了……」

「羅德尼！」她是真的嚇了一大跳，被嚇住了。「你……你病了，你一定是病了。」

那是她第一次略知他的狀態——精神崩潰的前兆。沒多久，就導致他到康瓦爾郡的一家療養院住了兩個月左右。他在那裡似乎頗滿足於靜靜躺著聽海鷗叫聲，凝望著窗外綿延到大海的灰撲撲、無樹的山巒。

但直到那天在教堂墓園時，她才發覺他是真的工作過勞了。當時他們轉身要走回家，她挽著他，催他往前走，這時見到那朵沉重的杜鵑花蕾從他外套上落了下來，掉在萊絲麗的墳上。

「喔，你看，」她說，「你的杜鵑花。」然後彎腰要去撿起來，但他馬上說：「就讓它留在那裡吧。留給萊絲麗．舍斯頓好了。畢竟……她是我們的朋友。」

然後鍾恩立刻說，真是好主意，明天她會再帶一大把黃菊花來。

她還記得羅德尼對她露出了古怪的微笑，讓她有點害怕。

沒錯，她那天傍晚確實感到羅德尼有點不對勁。當然，她根本沒想到他已經快要崩潰了，但她的確知道他有些不一樣……

回家的路上，她一直心焦地問他問題，但他卻沒說很多，只是不斷重複著：「我累了，鍾恩……我很累。」

然後有一次，他說了更令人費解的話：「我們沒法都很勇敢……」

之後才一星期，有天早上，他夢囈般地說：「我今天不起床了。」

接著就躺在床上，不跟人說話，也不看人，就只是躺在那裡，靜靜地微笑著。

然後醫生和護士頻頻上門，最後安排他住到崔佛彥療養院去做長期療養，不准收信件、電報，也不准見訪客，甚至不准鍾恩去看他──連自己的太太也不行。

那是段悲傷、令人茫然又困惑的時期。孩子們也很難相處，一點都幫不上忙，表現得好像這都是她──鍾恩──的錯似的。

「讓他在辦公室裡像個奴隸似的做牛做馬──母親，其實你很清楚，父親這些年來實在工作得太辛苦了。」

「我知道，孩子們。但我又能怎麼辦呢？」

「你早該在很多年前就把他拉出來的。難道你不知道他有多痛恨辦公室嗎？難道你對父親的狀況什麼都不知道嗎？」

「夠了，湯尼。我當然很知道你父親，比你知道的多。」

「哦，有時候我可不這樣認為，有時候我不認為你真的知道任何人的任何事。」

「湯尼！你真是的！」

「算了啦！別說了，湯尼。」這回是艾薇莉開口了，「講這些有什麼用？」

艾薇莉總是這樣，冷淡、不動感情，一副超齡的冷嘲熱諷、置身事外的模樣。有時鍾恩會很失望地想，艾薇莉真是沒心肝。她不喜歡撫觸，想對她動之以情，她也總是無動於衷。

「親愛的老爸……」這是芭芭拉的悲呼，她比另外兩個孩子年紀輕，比較不能控制自己的情緒。「母親，都是你的錯。你一直都對他很殘酷、很殘酷，一直都是這樣。」

「芭芭拉！」鍾恩快要忍不住了。「你知道自己在說什麼嗎？要說這個家有誰是被擺在第一位的，那就是你父親。要是沒有你父親為你們工作，你想誰來負責你們的教育還有穿衣吃飯的事？他是為你們犧牲的，這是父母的責任，而且父母們毫無怨言地就做了。」

「讓我藉這個機會感謝您吧，母親大人，」艾薇莉說，「感謝您為我們做出的所有犧牲。」

鍾恩疑惑地看著自己的女兒。她懷疑艾薇莉說這話的誠意，但是這孩子總不至於這麼出言不遜吧？

湯尼分散了她的注意力，他很嚴肅地問：「以前父親曾想改行當農夫，是不是真的？」

「當農夫？不，他當然沒這樣想過。喔，對，我相信是很多年前的事，但那不過是孩子氣的幻想而已。這個家族向來都從事律師業，這是家族律師事務所，而且在這個地區還挺有名氣的。你應該對這點感到很自豪，而且要樂於進這一行。」

「可是我不打算進這一行，母親。我要去東非開農場。」

「胡說，湯尼。別再瞎扯這些無聊話。你當然得進家族的律師事務所！你是家中獨子啊。」

「我不會去當律師的，母親。父親知道這點，而且也答應我了。」

她瞪眼看著他，大感驚駭——被他那種堅定不移的態度嚇到了。

然後她跌坐在椅子上，眼淚冒了出來。這些孩子都這麼沒良心，這樣頂撞她。

「我不知道你們是怎麼回事……一個個都這樣跟我說話。要是你們父親在這裡的話……我認為你們全都很沒良心！」

湯尼嘟囔了些話，然後轉過身去，無精打采地走出房間。

艾薇莉以冷淡的口吻說：「湯尼挺想做農夫的，母親，他想要進農學院，在我看來挺發神經的。要是我是男人，倒頗想做個律師，我認為法律很有意思。」

「我從來沒想過，」鍾恩哭哭啼啼地說，「我的兒女竟然會對我這麼不好。」

艾薇莉深深嘆了一口氣。芭芭拉原本還在房間一角歇斯底里地啼哭著，這時大叫了起來：

「我知道爸爸會死掉。我知道他會……丟下我們孤零零地活在這個世界上。我受不了，哦，我受不了！」

艾薇莉又嘆了口氣，面帶厭惡地看著哭瘋了的妹妹，然後又看看低聲啜泣的母親。

「好吧，」她說，「要是有什麼我可以做的話……」

丟下這句話之後，她就平靜自如地悄悄走出房間，完全就是她的作風。

總的說來，這是最令人痛心的一幕，而且是鍾恩多年來不願再去回想的一幕。

當然，這是很容易理解的。他們的父親突如其來地病倒，再加上「精神崩潰」這令人困惑的用語，兒女要是覺得能歸咎給他人，總是會好受些，他們自然會拿母親來當代罪羔羊，因為她就近在眼前。湯尼和芭芭拉兩人事後都向她道歉了。艾薇莉似乎不認為她有什麼好道歉的，而且說不定從她自己的觀點來看，她是很合理的。哎，要是這孩子真的天生沒心肝的話，也不是這可憐孩子的錯。

羅德尼不在的那段時期，日子過得很艱難又不快樂。孩子們都悶悶不樂、脾氣很壞。他們都盡可能地避開她，這一來讓她更感到孤獨寂寞。她猜想這是因為自己的憂傷和操心所致。就她所知，他們都很愛她。再說，他們也都正處於很難相處的年紀——芭芭拉還在上學，艾薇莉處於彆扭又多疑的十八歲，湯尼大部分時間都在附近農場裡度過。她氣惱湯尼竟然會有務農的念頭，而羅德尼居然鼓勵他，羅德尼實在太軟弱了。噢，老天，鍾恩曾想，我老是扮黑臉，實在太辛苦了。哈雷小姐那裡有一些乖巧的女生，我真不懂為什麼芭芭拉非得要跟那種不討人喜歡的女生混在一起。我得向她表明，只准邀我認可的女生來。可是這樣做，料想又會有場哭鬧和生悶氣了。不用說，艾薇莉是根本幫不上忙的，而且我很討厭她講話的那種嘲諷態度，聽在外人耳中實在很糟糕。

對，鍾恩下了個結論，撫養兒女是件吃力不討好的事。

撫養兒女確實得不到應有的感謝和欣賞，沒人明白這中間要如何拿捏分寸，要如何保持好心情，要懂得何時該堅定立場、何時該讓步。鍾恩心想，沒有人真的知道羅德尼病倒的那段日子我受了什麼樣的罪。

想到這裡，她微微蹙眉，因為聯想起一段回憶，是麥昆醫生曾經說過的一番很尖刻的話。他說，每次交談時，談到最後，遲早會有人說：「沒有人知道我在那段時期受了什麼樣的罪！」大家都哈哈笑，說這話講得真對。

嗯，鍾恩心想，如人飲水，冷暖自知，這話完全說對了，的確沒有人知道那時我受了多少罪，連羅德尼都不知道。

因為等羅德尼回家後，大家都放下心來。一切恢復正常，孩子們也都再度回到原先活潑、可愛的模樣，家裡恢復了和諧。鍾恩心想，這點顯示出整件事其實都是因為焦慮引起的。焦慮使得她失去了風度，使得孩子們情緒緊張、脾氣壞。那真是很令人難受的時期。但她現在幹嘛要挑這些不順心的事情來想呢？她本來要想的是快樂的回憶，而不是令人沮喪的那些。她真搞不懂。

得要從頭再來過才行。這回從哪裡開始想呢？沒錯，試著去想想背過的詩，雖然再沒有比這麼做更滑稽的事了，鍾恩心想，在沙漠裡走著，一面設法背出詩來！不過沒關係，反正沒人看到或聽到。

這裡沒人，不可以，她叮囑自己說：不可以，你絕對不可以慌張起來。這都是你自己發傻，完全只是緊張而已……

她立刻轉身，往回走向招待所。

她發現自己竭力壓抑著自己不要跑起來。

獨自一人沒什麼好怕的，根本就沒什麼。或許她患有那種……那叫什麼來著？不是「幽閉恐懼症」，這是指對狹小空間感到恐懼的毛病。跟它相反，這個名稱的開首字母是「a」，對廣闊空間的恐懼感。

整件事可以用科學來解釋。

但是，用科學來解釋雖然令人安心，眼前卻沒有實際幫助。跟自己說整件事很合理、也完全合乎邏輯是很容易的，但要控制住那些像蜥蜴般在腦中竄出竄入的雜念，卻不是那麼容易。

米娜．蘭道夫，她心想，就像條蛇，其他的事情則像那些蜥蜴。廣闊空間……她一輩子都住在盒子裡。對，有玩具小孩、玩具僕人以及玩具丈夫的盒子裡。

不，鍾恩，你在說什麼呀！怎麼可以這麼傻？你的兒女是十分真實的。

兒女是真實的，還有傭人庫克和愛格妮絲，羅德尼也是。那麼，說不定，鍾恩心想，我不是真實的。說不定我只是個玩具妻子兼母親。

噢，老天，這可真要命。她簡直語無倫次了。或許再多念幾首詩好了，她一定能想起些什麼的。

於是，她以很不相襯的熱情大聲朗誦起來。

春天裡，我曾不在你身邊……

她想不起來後面是什麼了，似乎也不想要去想。光是這句就已經夠了，說明了所有一切，可不是嗎？羅德尼，她心想，羅德尼，春天裡，我曾不在你身邊，只不過現在不是春天，是十一月……

她突然一驚：這可不是他說過的話嗎？那天晚上……

這裡有個關聯、一條線索，通往某件等著她的事情的線索，隱藏在沉默背後。她現在明白了，她是想要逃避這件事情。

可是到處都有蜥蜴從洞裡冒出來，你怎麼逃得掉呢？

有很多事情是絕對不可以去想的。芭芭拉、巴格達還有布蘭西（真奇怪，三個字都是「B」開頭），以及火車站月台上的羅德尼。還有艾薇莉、湯尼和芭芭拉全都曾經對她很不客氣。

真是的！鍾恩很生自己的氣，幹嘛不去想些開心的事情呢？有那麼多愉快的回憶可以想……那麼多……

她的新娘禮服，那麼漂亮的銀灰緞子……艾薇莉躺在搖籃裡，搖籃周邊裝飾了很多薄紗和粉紅絲帶。那麼漂亮的小寶寶，而且那麼乖。艾薇莉一直都是個很有禮貌、舉止得體的小孩。「你把他們教養得這麼好，斯卡達摩太太。」是的，艾薇莉是個很令人滿意的孩子——起碼面對外人時是這樣。至於在私生活中，則是無休止的爭論，看著你的眼光很令人不安，彷彿在問你究竟是怎樣的人。這根本就不是一個小孩看母親應有的眼光。無論從哪種意義來說，她都不是個讓人疼愛的小孩。湯尼也一樣，在外人面前讓她很有面子，但做事卻是無藥可救地不用心又含糊。芭芭拉是家裡最難搞的小孩，老是大吵大鬧，動不動就大哭。

然而，整體來說，他們三個都是很可愛、彬彬有禮、教養很好的孩子。

可惜孩子都會長大，開始變得很難相處。

但是她不打算去想那些，她要專心去想他們的童年時期。艾薇莉穿著漂亮的粉紅色絲綢蓬裙上跳舞班。芭芭拉穿上「利百代」牌子的針織小連衣裙模樣。湯尼穿著保母巧手做的連身娃娃褲裝，上面有很活潑的圖案……

不管怎樣，鍾恩心想，除了小孩穿的衣服之外，總還能想起些別的事吧！某些他們對她講過的很動聽、充滿感情的話？某些令人開心的親密時刻？

想到一個人做出的犧牲，以及為兒女所做的一切……

又一隻蜥蜴從洞裡冒出頭來。艾薇莉很客氣地詢問，一臉要與人理論的神態，鍾恩已領教過，而且感到畏懼。

「母親，你究竟幫我們做過什麼？你不幫我們洗澡，對不對？」

「對。」

「你也不管我們吃飯，或者幫我們梳頭。這些都是保母在做，她還送我們上床，負責叫我們起床。你也不幫我們做衣服，衣服也是保母在做。她還帶我們去散步。」

「對，親愛的，我雇用保母來照顧你們。也就是說，我付她工資。」

「我認為工資是父親付的。我們的東西不都是父親付錢買的嗎？」

「某種程度上算是，親愛的，但這是一樣的。」

「可是你不用去上班，只有父親要。你怎麼不必上班呢？」

「因為我要照管家裡。」

「可是那不是凱蒂和庫克在……」

「夠了，艾薇莉。」

有一點倒是要替艾薇莉說好話，她很聽話，從來不叛逆或者挑釁。然而她的順從卻往往比反叛更讓人不舒服。

羅德尼曾經笑說，對艾薇莉這樣的人，判決永遠是「證據不足」。

「我不認為你應該笑，羅德尼，我不認為像艾薇莉這年紀的小孩應該這麼……這麼會批評。」

「你認為她太小了，所以無法判定證據的本質？」

「哦，你別滿口都是法律用語。」

他露出促狹的笑容說：「是誰要我當律師的？」

「別談這個。說正經的，我認為她這樣太沒大沒小了。」

「對一個孩子而言，我會說艾薇莉算是超乎尋常的守規矩，完全沒有一般小孩的口沒遮攔，譬如芭芭拉。」

這倒是真的，鍾恩也承認。芭芭拉在某種狀況下，會大聲說：「你很醜！你差勁透了！我討厭你。但願我死掉，要是我死掉了，你就會後悔。」

鍾恩趕快說：「芭芭拉只是在亂發脾氣，而且事後總是感到後悔。」

「對，可憐的小鬼。而且她說話是有口無心的。但艾薇莉卻不是那麼好哄騙，她察覺得到。」

鍾恩氣得臉都紅了。「哄騙？我不知道你說這話是什麼意思。」

「哦，算了吧，鍾恩。想想我們灌輸給他們的那些東西，我們自以為無所不知的那套……但面對這些完全處在我們權威之下的無助小傢伙，卻必須裝作我們所做的都是最好的，我們也知道什麼才是最好的。」

「你講得簡直就像他們是奴隸而不是兒女似的。」

「難道他們不是奴隸嗎？吃我們給的東西，穿我們給的衣服，多多少少也是在說我們教的話。這是他們換取保護所付的代價。但是他們愈長大就愈接近自由。」

「自由，」鍾恩不屑地說，「有這種東西嗎？」

羅德尼緩緩而沉重地說：「沒有，我不認為有。你說得真對，鍾恩……」

然後他慢慢走出了房間，肩膀下垂了一點。她突然感到一陣心痛，我知道羅德尼老了以後會是什麼樣子了……

羅德尼在維多利亞車站月台上，陽光照出他疲倦臉上的皺紋。他叫她保重。

然後，一分鐘後……

為什麼她老是回頭去想這一幕？那不是真的！羅德尼非常想念她！他一個人和一群傭人待在家裡，真是悲慘。而且說不定他根本沒想到要請人來家裡吃飯；要不，請來的人大概就像泰勒那樣的，很沉悶的人，她一直想不透為什麼羅德尼會喜歡這人。要不就是請米爾斯，這人除了放牧和養牛之外，從不談其他話題……

羅德尼當然是在想念她！

第六章

她回到招待所門前，印度人出來問：「夫人散步愉快嗎？」

愉快，鍾恩說，她散步得很愉快。

「晚飯很快就好了。很好的飯菜，夫人。」

鍾恩說，很好，她對此很高興。不過這番話顯然已成了例行儀式，因為這頓晚飯幾乎跟前一餐完全一樣，只不過杏子換成了桃子。也許說得上是很不錯的晚餐，但壞就壞在永遠都是同樣的菜色。

晚飯過後，上床又太早了，鍾恩再度渴望自己有帶大量讀物或者女紅來就好了。她甚至打算重讀《凱瑟琳．戴茲夫人回憶錄》裡比較具娛樂性的幾段，但卻不管用。

要是有點什麼事可以做做就好了，鍾恩心想。不管什麼都好！甚至是一副紙牌都行，她可以玩「打通關」。要不下一盤棋：雙陸棋、國際象棋、國際跳棋。她可以跟自己下棋！什麼棋都好，跳棋、蛇梯棋……

這樣胡思亂想真是很反常。一隻隻蜥蜴從洞裡冒出頭來，思緒從你腦子裡鑽出來……令人害怕的思緒，擾人安寧的思緒……你不願去想的念頭。

如果是這樣的話，幹嘛要去想它們呢？人不是可以控制自己念頭的嗎？還是無法控制？有沒有可能在某種環境下，人的思緒反而會控制了人本身，就像蜥蜴鑽出洞來，或像一條青蛇般閃過腦海？

來自某個地方……她這種驚慌的感覺很怪異。

這一定是廣場恐懼症（就是這個詞——agoraphobia。這證明只要努力去想的話，總是可以想起來的），沒錯，就是這個，害怕廣闊。奇怪，她以前都不知道自己有這種恐懼症。不過話說回來，以前她也不曾體驗過這般的廣闊，她一向都生活在住宅區裡，到處都有花園、很多人。很多人，這就是重點，要是這裡有個人能談談話就好了。

即使是布蘭西也好。

現在想來很滑稽，她曾經還唯恐布蘭西可能會跟她同路回國而大為緊張。

哎，要是布蘭西在這裡的話，情況就天差地別了。她們可以談從前上聖安妮女校的往事，如今看來是那麼久遠的事。布蘭西曾經說什麼來著？「你向上提升了，而我則往下沉淪。」不對，她後來改口了，她說：「你一直留在原處。為母校聖安妮增光。」

難道她跟從前的分別真的很少嗎?這樣想挺好的。嗯,就某方面而言是挺好,但從另一方面來看就不怎麼好了,似乎是挺……挺故步自封的。

吉蓓小姐曾經在送別畢業生時說了什麼?她對該校學生的送別叮嚀是出了名的,已經成了聖安妮約定俗成的制度。

鍾恩的思緒飛掠過多年歲月,回到從前,昔日女校長的身影隨即浮現眼前,清晰得驚人。氣勢凌人的大鼻子上架著夾鼻眼鏡,銳利無情的雙眼目光懾人,巡視學校時的威嚴姿態,人未到胸部先到——連那胸部都是很矜持、規矩的,只有威嚴而沒有絲毫柔軟的線條。

吉蓓小姐的確是個了不得的人物,讓人敬畏,不管學生或家長都對她畏懼三分。無庸置疑地,吉蓓小姐「就是」聖安妮女校的表徵!

鍾恩在腦海中見到自己進到那個神聖的校長室裡,室內有花,有梅迪奇[17]複印畫;暗藏了文化、學術以及社交禮儀的弦外之音。

吉蓓小姐莊嚴地從辦公桌後轉過身來。

「請進,鍾恩,請坐,親愛的孩子。」

鍾恩按照指示在印花布面的扶手椅上坐了下來。吉蓓小姐此時已經摘下夾鼻眼鏡,突然露出很不真實又明顯可怕的笑容。

17 梅迪奇(Medici),十三到十七世紀期間,佛羅倫斯的梅迪奇家族擁有龐大的政治、經濟勢力,之後並大舉贊助藝術活動,家族中收藏了大量的藝術品。

「你就快離開我們了，鍾恩，走出學校的小圈子，進入社會的大圈子裡。在你畢業以前，我想跟你談一下，希望我說的一些話，將來可以在你的人生中起指導作用。」

「好的，吉蓓小姐。」

「在這裡，處在快樂的環境裡，有同年齡的年輕同伴，在這樣的庇護下，你碰不到人生中難以避免的困惑與艱難。」

「是，吉蓓小姐。」

「據我所知，你在這裡過得很快樂。」

「是的，吉蓓小姐。」

「而且你在這裡也表現得很好。我對你的進步感到很高興。你是最令我們滿意的學生之一。」

有點不知所措。「哦……呃……我很高興，吉蓓小姐。」

「但是現在人生在你眼前展開了，帶來新的問題、新的責任……」

這番談話滔滔不絕，鍾恩在適當的空檔就加一句：「是的，吉蓓小姐。」

她感到有點被催眠了。

布蘭西認為，吉蓓小姐的聲音堪稱她一生的本錢之一，能夠在音域之內控制自如。開始時是宛如大提琴的芳醇，再添點橫笛般的讚揚，接著降低音域，用巴松管的音色來表達警告。然後，對那些有聰明才智的女生採用黃銅樂器般的音調，勸她們把才智發揮到未來的生涯上；對那些比較適合做家庭婦女的學生，則以小提琴般柔和的音調教導她們為人妻、為人母的職責。

演講到了尾聲，吉蓓小姐才會如撥奏般來個總結。

「最後，要特別叮囑你幾句，鍾恩，不要懶於思考。鍾恩，我親愛的，不要只注重事物表面的價值，因為這是最容易的，也因為它省了麻煩！人生是為了活著，不是為了表面的光彩。還有，不要太自滿！」

「好的……不會的，吉蓓小姐。」

「因為，你知我知，這是你的小毛病，對不對，鍾恩？要想想別人，親愛的，不要只想著自己。而且要準備好承擔責任。」

然後是整個大交響樂的高潮：

「人生，鍾恩，一定得要是個不斷推進的過程，把我們死去的自我當作墊腳石，踩在上面追求更高的境界。痛苦和折磨將會到來，降臨到每個人身上，即使是主耶穌也不能免於肉身的痛苦。主耶穌在客西馬尼園裡經歷過各種痛苦煩惱，你也會經歷到。要是你沒有經歷過的話，鍾恩，那就表示你的人生道路遠離了真理之路。當懷疑和勞苦的時刻來到時，要記住我這句話。還有，也要記住，我隨時都很樂意聽到畢業生的消息，如果她們要聽取意見的話，我永遠都很樂意協助她們的。上帝祝福你，親愛的。」

她一邊說這番祝福的話，一邊給學生告別之吻。這個吻與其說是人與人之間的接觸，還不如說是種讚許的表示。

鍾恩有點茫然地退下去了。

她回到寢室，發現布蘭西戴著同學瑪莉的夾鼻眼鏡，身穿體操衫，胸前塞了個枕頭，正在對一群看得入迷的觀眾侃侃而談。「你們就要……」她用低沉嗓音大聲說，「從這個快樂的學校圈子進入到險惡得多的社會大圈子裡了。生活將在你眼前開展，帶來許多問題，還有責任……」

鍾恩加入了觀眾群。布蘭西表演到高潮時，掌聲更加熱烈了。

「對你，布蘭西．哈格，我只有一句話：要懂得律己。管好你的情感，學習自律。你非常熱心，這點可能很危險。只有嚴以律己，你才能攀上高峰。你很有天賦，我親愛的，好好運用它。你有很多毛病，布蘭西，有很多毛病。不過這些都是出於慷慨的本性，是可以糾正的。」

「人生，」布蘭西的聲音轉為尖銳的假音，「是持續不斷的進步。把死去的原有自我當作墊腳石，踩著它上進——參見華茲華斯的詩句。要記得母校，要記得吉蓓阿姨隨時會給予忠告和協助，只要你附上寫好地址、貼好郵票的回郵信封就行了！」

布蘭西停了下來，但是很詫異竟然沒有人在這時報以笑聲，也沒有掌聲，人人似乎都呆若木雞，所有的頭都轉向門口。吉蓓小姐威嚴地站在那裡，手持夾鼻眼鏡。

「要是你想從事演藝工作的話，布蘭西，我認為有幾所非常好的戲劇藝術學校可以教你怎樣控制演講的聲調。你似乎在這方面挺有天分的。請你把枕頭歸回原位。」

說完之後，她就一陣風似的走掉了。

「呼，」布蘭西鬆了口氣。「這個厲害的老太婆！挺有風度的。不過她真的懂得怎麼讓你感到自己矮了半截。」

沒錯，鍾恩心想，吉蓓小姐的確是個了不得的人物。後來她也送艾薇莉去上聖安妮女校，但一個學期之後，吉蓓小姐就退休了。新任女校長沒有她那種精力充沛的個性，結果學校就開始走下坡。

布蘭西說得對，吉蓓小姐很嚴肅，但她懂得看人。鍾恩思索著，吉蓓小姐對於布蘭西的看法一點也沒錯。要懂得律己，這點是布蘭西一輩子都需要的。慷慨的本能──是的，可能有，但是顯然缺乏自我約束的能力。然而，布蘭西的確是慷慨的。就拿錢來說，鍾恩借給她的錢，布蘭西並沒有花在自己身上，而是替湯姆買了捲蓋書桌。布蘭西自己根本就不會想要有張捲蓋書桌。布蘭西實在是個很熱心的好人。然而她卻丟下自己的兒女，拋棄了自己帶到這世界的兩個小生命，無情地一走了之。

這只不過顯示出，有些人根本就沒有母愛之類的天性。鍾恩心想，一個人應該永遠把兒女擺在第一位。她和羅德尼向來都同意這點。羅德尼真的非常無私，尤其是如果向他提出的要求正當合理的話。舉例來說，她曾向他提議，他那間陽光充沛的更衣室真該給孩子們作日間遊戲室，而他也欣然同意地搬到面向馬廄的小房間去。孩子們應該享有全部的陽光。

她和羅德尼真的是非常認真的父母，孩子們也都真的非常快樂，尤其當他們還小的時候──那麼可愛、好看的小孩，比起──舉例來說──舍斯頓家的兒子們，她孩子的教養好多了。舍斯頓太太似乎從來不在意那些孩子是什麼德性，連她自己也加入他們，做些奇怪的舉動，例如像個印地安人似的在地上爬，還狂喊狂叫的。有一次他們還模仿馬戲團的表演，模仿海獅活靈活現的！

鍾恩斷定，萊絲麗本人的童年一定過得不好。

不過話說回來，她的一生也很辛酸悲慘，可憐的女人。

鍾恩想起那次在薩莫塞特意外碰到舍斯頓的情景。

當時她住在朋友家，根本就不知道舍斯頓一家也住在那裡。舍斯頓從一家當地酒館現身（就完全是他給人的印象）出來時，她跟他打了個照面。

自他出獄後她就沒見過他，因此看到他跟昔日那個輕鬆活潑、充滿自信的銀行經理判若兩人時，著實大吃一驚。

那是躊躇滿志的人失意時所顯現出來的異常洩氣模樣：下垂的雙肩、鬆垮垮的背心、鬆弛的雙頰、閃爍畏縮的眼神。

真難想像有人會信賴這個男人。

見到她時，他嚇了一跳，但是馬上恢復常態，強做出以往神情向她打招呼：「唷、唷、唷，這可不是斯卡達摩太太嗎？這個世界真小。什麼風把你吹來的？」

他站在那裡，挺起胸來，努力在語氣中表現出從前的爽朗和自信。這實在是很可憐的表演，鍾恩不由自主地為他感到難過。

淪落到這個地步多淒慘啊！隨時都可能碰見從前生活圈的人，而那些人說不定還不願意與你相認。

倒不是說她打算表現得這樣。不用說，她當然是準備要客氣對他的。

舍斯頓正在說：「你一定得來看看我太太，一定要來跟我們喝個茶。對，對，親愛的夫人，我堅持請你來！」

他費勁地硬裝出從前的老樣子，結果鍾恩儘管不太願意，卻讓他引領著沿那條街走，舍斯頓繼續用他那種彆扭的新方式講話。

他說想讓她看看他們的小地方——也不是那麼小，面積還挺大的。當然，幹活很辛苦，要為市場需求種作物，銀蓮花和蘋果是他們兩大主要農產。

他邊說邊拔開了殘破大門的門栓。這大門需要油漆了。然後他們走在長了野草的車道上，接著就看到了萊絲麗，她正彎腰整理著銀蓮花的花圃。

「你瞧瞧誰來了？」舍斯頓大聲叫著說，於是萊絲麗把遮到臉上的頭髮撩到腦後，走過來說，這「可真是」個驚喜！

鍾恩馬上留意到萊絲麗老很多，而且滿臉病容。疲累和病痛在她臉上刻劃出了皺紋，但是，除此之外，她還是從前的老樣子，開朗又邋遢，而且精力旺盛得很。

就在他們站在那裡交談時，舍斯頓家的兒子們放學回家了，車道上洋溢著大呼小叫。他們朝萊絲麗衝過來，用頭撞她，大聲叫著：媽、媽、媽，萊絲麗忍著，讓兒子們這樣猛攻了幾分鐘之後，才突然用專橫的口吻說：「安靜！有客人在。」

兩個兒子突然變成了禮貌的乖小孩，和斯卡達摩太太握手，用降低嗓門的柔和聲音說話。

這有點讓鍾恩想起了她某個表親訓練的獵犬，狗聽到某個命令時會坐下，臀部放低，或者聽到另一個命令時朝地平線狂奔而去。她心想，萊絲麗的孩子也像受過類似訓練。

他們進到屋裡去。萊絲麗去準備茶點，兒子們幫忙端著托盤出來，盤裡擺了麵包和牛油，還有自製的果醬、厚重的廚用杯，兒子們嘻嘻哈哈的。

但是最奇怪的卻是舍斯頓的改變，原先那種很不自在、畏畏縮縮的態度消失了，突然變成了一家之主，而且是很好的主人，他那交際的面具也暫時擱置了。他看來很快樂，對自己與家人都很滿意，彷彿在這四壁之內，外界以及外界的論斷對他而言都不存在了。兒子們吵著要他幫忙他們正在做的一些木工，萊絲麗則叮囑著別忘了他說好要幫她看看鋤頭；還有，他們本該明天把銀蓮花綁成束的，能不能等星期四早上才做？

鍾恩暗想，她從來沒這麼喜歡過這人。她也了解到、第一次感受到，萊絲麗對丈夫有多深情。此外，以前他想必是個長得很好看的男人。

但是過了一陣子之後，她大吃了一驚。

彼得熱切嚷著說：「講那個關於獄卒和梅子布丁的好笑故事給我們聽！」

然後，看到他父親一臉茫然狀，又催促說：「你知道嘛，就是你在監獄裡的時候，那個獄卒說什麼來著？還有另外一個獄卒？」

舍斯頓猶豫著，看來覺得有點丟臉的樣子。萊絲麗的語氣很冷靜：「講啊，查爾斯，那是個很好笑的故事，斯卡達摩太太一定會喜歡聽的。」

於是他就講了。是挺好笑的——雖然似乎沒有他的兒子們所認為的那麼好笑。他們笑得前仰後合，喘不過氣來。鍾恩則很禮貌地笑著，但她感到愕然又有點震驚。後來，萊絲麗帶她到樓上去，她很婉轉地低聲說：「我沒想到……他們竟然知道！」

萊絲麗——真是的，鍾恩心想，這人真是太沒腦子了——卻一副很妙似的看著她。

「他們遲早會知道的，」她說，「不是嗎？那還不如現在就讓他們知道。這樣簡單得多。」

是簡單得多，鍾恩同意。但是明智嗎？粉碎孩子心中脆弱的理想，動搖他們心中的信賴和信心——她突然住口了。

萊絲麗說她不認為她孩子很脆弱、很完美主義，反而認為，要是他們知道出了事情，但卻沒人告訴他們是什麼事，這樣對他們更不好。

她笨拙地揮著雙手，口齒不清地說：「搞得神祕兮兮的——所有那一套——會更糟糕。當他們問我爸爸到哪裡去了時，我想，最好自然以對，所以就告訴他們，爸爸偷了銀行的錢，因此去坐牢了。畢竟，他們懂得什麼是偷竊，以前彼得常常偷果醬，被罰提早上床。而要是大人做錯事情，是得被罰去坐牢的。這相當簡單。」

「再怎麼說，讓一個孩子看輕父親，而不是看重他……」

「哦，他們並沒有看輕他。」萊絲麗又顯得感到很妙的樣子。「實際上他們還挺替他難過的。而且他們很愛聽牢獄生活的種種。」

「我肯定這不是件好事。」鍾恩一口咬定。

「哦，你不這樣認為？」萊絲麗深思著，「也許不是好事。但是對查爾斯來說是好的。他畏畏縮縮地回家來，像隻狗似的。我受不了這樣，所以我想唯一要做的就是順其自然。畢竟，你不能假裝人生中的這三年不存在。我想最好就是以平常心去對待。」

鍾恩心想，萊絲麗這人就是這樣──漫不經心、粗枝大葉，一點也不細膩，總是採取阻力最少的方式。

然而，還是要為她說句公道話，她一直是個很忠心的妻子。

鍾恩很客氣地說：「你知道，萊絲麗，我真的認為你相當了不起，你這樣一心一意跟著丈夫，在他……呃……不在的時候，辛苦操勞維持住這個家。羅德尼經常這樣對我說。」

這個女人半邊臉的笑容看起來多奇怪呀！鍾恩直到此刻才留意到。也許她的讚美讓萊絲麗覺得不好意思吧？不過萊絲麗的確是用頗僵硬的口氣問：「羅德尼……還好吧？」

「很忙，這可憐的傢伙。我總是叫他偶爾該放個一天假。」

萊絲麗說：「這可沒那麼容易。我想他的工作就和我差不多，時間總是排得滿滿的，不太可能放假。」

「沒錯，我敢說這是真的。再說，羅德尼也很敬業。」

「全職工作。」萊絲麗說。她緩緩走到窗前，站在那裡凝望窗外。

她的身材輪廓有些地方引起鍾恩的注意──萊絲麗穿衣服通常都很寬鬆、沒什麼線條的，但這會不會是……

「喔！萊絲麗。」鍾恩不由自主地驚呼起來：「你不會是……」

萊絲麗轉過身來，迎著另一個女人的視線，緩緩點點頭。

「是的，」她說，「在八月。」

「噢！我的天！」鍾恩是真的感到憂慮。

突然，出乎意料地，萊絲麗充滿激情、滔滔不絕地講起話來，不再漫不經心又粗枝大葉的，倒像是個死囚在為自己辯護。

「這對查爾斯來說有很大作用，很大的作用！你明白嗎？我沒辦法告訴你他對這事的感受，這是個象徵，象徵他不是個被摒棄的人，一切都還是跟以前一樣。自從他知道這事之後，甚至還設法戒酒。」

萊絲麗的語氣慷慨激昂，以致鍾恩幾乎沒聽明白最後那句，之後才醒悟到那涵義。她說：「你當然最清楚你自己的事，但是我卻認為這樣做不明智，在這時期。」

「你是指經濟方面？」萊絲麗笑起來，「我們會渡過難關的。反正我們吃的都是自己種的，而且種得不錯。」

「還有，你知道，你看來身體不太強壯。」

「強壯？我壯得很，太強壯了。恐怕不管什麼人想殺死我，都沒那麼容易。」

說這話時，她略微打了個冷顫，就好像——即使時候未到——她已經有種奇怪的預感，知道自己會生病，得忍受病痛的煎熬……

然後她們又下樓去了。舍斯頓說他會送斯卡達摩太太到拐角處，指點她那條穿過田野的捷徑。當他們兩人往車道走時，她回過頭去，見到萊絲麗和兒子們糾纏成一團，在地上滾來滾去，瘋得尖叫大笑。萊絲麗跟孩子在地上滾，挺像動物的，鍾恩有點反感地想著，然後這才側耳去細聽舍斯頓在說什麼。

他正在語無倫次地說，過去從沒有、將來也不會有第二個像他太太這樣的女人。

「你不知道，斯卡達摩太太，她是怎麼待我的，絕對想不到，沒有人能想得到。我根本就配不上她，我知道這點……」

鍾恩驚覺到他的眼淚在眼眶中打轉，這個男人竟然一下子變得這麼多愁善感。

「永遠都一樣，總是很開朗，似乎認為所有事情都很有意思又很好玩。而且從來沒有責備的話語，一句都沒有。但我會補償她，我發誓要補償她。」

鍾恩想到的卻是，舍斯頓最能表示感恩的方法，就是別太常去酒館。她差點就說出口了。她終於擺脫了他，一面說，當然，當然，你說的的確沒錯，很高興能再看到你們兩個。她穿過田野走遠了，經過田野邊的木台階時回頭看，見到舍斯頓站在酒館外面不動，一邊看著錶，算著要等多久酒館才開門。

回到家之後，她對羅德尼說，整件事實在很慘。

羅德尼好像故意裝傻似的說：「我還以為你說他們看起來都很開心，能一家團圓呢。」

「哦，是的，就某方面來說。」

羅德尼說，在他看來，萊絲麗倒像是在一件很糟糕的事情上做得相當成功。

「她的確夠堅決、勇敢。想想看，她就快要再生一個孩子了呢！」

羅德尼站起身來，緩緩走到窗前，站在那裡往外看。如今她回想起來，這動作跟萊絲麗站在窗前很像。過了一會兒他才說：「什麼時候生？」

「八月，」她說，「我認為她這樣做實在笨透了。」

「你這樣認為嗎？」

「親愛的，你想想看，他們如今過的是朝不保夕的生活，多個孩子只會讓日子更不好過。」

他緩緩地說：「萊絲麗的肩膀夠寬，挑得起生活擔子。」

「嗯，要是她再挑更多的話，遲早會垮掉的。她現在看來像有病。」

「她離開這裡時就已經看來像有病了。」

「她看起來也比實際年齡老很多。還說這件事對查爾斯影響很大，作用當然是很好的。」

「這是她說的嗎？」

「對。她說這件事起了很大作用。」

羅德尼若有所思地說：「這或許是真的。舍斯頓是那種少見的人，完全活在別人對他的看法中。當法官判刑時，他就像個被戳破的氣球般整個垮掉了。這實在又可憐又可厭。我認為舍斯頓的唯一希望就是設法恢復自尊，這可不是簡單的事。」

「我還是不認為再生一個孩子……」

羅德尼打斷了她的話。他從窗前轉過身來，臉氣得發白，讓她大吃一驚。

「她是他太太，不是嗎？她只有兩條路好走，一條是跟他斷絕，帶孩子走掉；要不就回去死守著他，做他太太。她現在做的就是這個。而萊絲麗做事情從來不做一半的。」

鍾恩問，到底有什麼好讓他激動的？羅德尼回答說：「當然沒有。」不過，他厭倦了凡事謹慎世故的圈子，做什麼都事先算清楚要花多少代價，從來不敢冒險！鍾恩說她希望他沒對客戶說過這樣的話。羅德尼咧嘴笑說，當然不會，他向來都是勸他們庭外和解的！

第七章

說來，也許這很正常，日有所思夜有所夢，鍾恩那晚才會夢見吉蓓小姐。吉蓓小姐戴了遮陽硬帽，和她並肩走在沙漠裡，一面用威嚴的語氣說：「鍾恩，你應該多留意一下蜥蜴。你的博物科很差。」對此，不用說，她乖乖回答說：「是，吉蓓小姐。」

吉蓓小姐還說：「喏，別假裝不懂我的意思，鍾恩，你清楚得很。管住自己，我親愛的。」

鍾恩醒過來時，有一會兒還以為自己仍在聖安妮女校。招待所跟學校宿舍有點像，這倒是真的，那種空蕩蕩的感覺，還有鐵床，以及看來頗乾淨的牆壁。

哦，老天，鍾恩心想，又有一天得要捱了。

吉蓓小姐在她夢裡說了什麼？「管住自己」。

嗯，這話有幾分道理。前一天她讓自己無中生有地大驚小怪，實在是很愚昧！她得要管住自己的思緒，有條理地釐清自己的腦子——一次弄清楚這種廣場恐懼症。

此刻置身招待所裡，她感到自己挺正常的。也許，根本就別外出才是比較明智的做法？

可是一想到這裡，她的心就沉了下去，那表示要整天待在陰暗之中，伴著羊油、煤油以及DDT殺蟲劑的氣味，整天沒有東西可閱讀，無事可做。

監牢裡的犯人都做些什麼呢？嗯，當然他們會做做運動，縫縫郵包袋或之類的事情。要不，她想，他們會瘋掉的。

不過的確也有關禁閉的地方……那真會讓人瘋掉。

關禁閉，日復一日，一星期又一星期。

怎麼會這樣？她竟然覺得自己好像已經在這裡待了幾星期了！而其實才不過……多久？兩天而已？

才兩天！難以置信。波斯詩人奧瑪．珈音[18]的詩句是怎麼說的？那句「我與昨日的萬年」什麼的。為什麼她連個完整的句子都沒法想起來呢？

不，不，別又來了。努力記起並背誦詩詞並不是什麼好事——一點都不是。實情是，詩詞裡有些東西教人很難受，詩詞裡有著辛酸，直刺人心……

她到底在講什麼呀？人的思想愈往靈性方面發展當然是愈好的，而她一直都是個挺注重靈性的人……

「你向來都冷冰冰、像條魚似的……」

為什麼布蘭西的聲音會打斷她的思緒呢？這句評語真是又粗俗又多餘——真是的，完全就是布蘭西的調調！嗯，她料想布蘭西這種人就是這樣，這種人會任由熱情把自己撕碎。也難怪布蘭西粗俗——她天生就是這樣的。少女時代這點還不明顯，因為她那時年輕貌美，教養又好，但是骨子裡必然一直都存在著這種粗俗本性。

冷冰冰、像條魚似的，什麼話呀！根本就不是這樣。

要是布蘭西自己稍微有點這種「魚般」的冰冷性情，說不定會好得多。

她似乎過著最可悲的生活。

真的相當可悲。

她說了什麼來著？「人總是可以想想自己的罪過！」

可憐的布蘭西！但是她也承認，想罪過占用不了鍾恩多少時間。說來，她的確曉得自己和鍾恩之間的差異。她假裝認為鍾恩很快就會厭倦數算自己的福氣。（沒錯，或許人的確會傾向於把福氣視為理所當然！）後來她是怎麼說的？那番話挺妙的……

哦！對了，她感到好奇，人要是沒別的事可做，只能連著很多天都思考著、想著自己，可能會覺察出些關於自己的事……

就某方面而言，這想法挺有意思的。

18 奧瑪・伽音（Omar Khayyam, 1048-1131），波斯詩人、數學家及天文學家。

事實上，這是相當有意思的想法。

不過布蘭西倒是說了，她自己不會想要這樣做……

她的語氣聽起來——幾乎近於——害怕。

我倒是好奇，鍾恩心想，真的有人因此覺察出些什麼嗎？

當然，我是不習慣想著、思考著自己的……

我從來就不是那種自我中心的女人……

不知道，鍾恩心想，我在別人眼中是怎樣的人？

倒不是指在一般人眼中，我指的是某些特定的人。

她竭力回想人家曾對她說過些什麼話，有哪些例子。

就拿芭芭拉來說吧。

「哦，母親，你的傭人向來都是十全十美的，因為有你盯著他們。」

這算是讚美了，顯示出她的兒女的確認為她是個很會管家的主婦。而這也是事實，她的確把家管得好好的，又有效率。傭人們也喜歡她——起碼，他們都按照她的吩咐去做。或許，當她頭痛或身體不舒服時，他們並沒有表現得很關心，但話說回來，她也沒有鼓勵過他們要這樣表現。還有，那個很出色的廚娘在提出辭呈時，曾說了些什麼？說沒法永遠老是這樣得不到讚賞地做下去——這話挺可笑的。

「老是只告訴我哪裡做得不對、哪裡做得不好，夫人，做得好時卻從來沒有一句稱讚的話……這很讓人洩氣。」

她當時冷冷地回答說：「你當然也明白，廚娘，要是沒說什麼的話，那是因為你每樣事都做得很好，很令人滿意。」

「或許是這樣，夫人，不過這卻很讓人灰心，畢竟我是個人，而且也的確不怕麻煩地花了很多功夫去做你要的西班牙燉肉，儘管很麻煩，而我自己根本就不喜歡這種造作的菜色。」

「那道菜做得相當出色，廚娘。」

「是的，夫人，看見你們在飯廳裡把它全部吃完時，我也這樣認為，但是結果你卻什麼話也沒跟我說。」

鍾恩不耐煩地說：「你不認為你挺傻的嗎？說到底，付你很好的薪水就是要你做飯的。」

「哦，工資是相當令人滿意的，夫人。」

「因此，你要理解的是，你是個夠好的廚娘，要是有什麼不滿意的地方，我就會提出來。」

「你的確是這樣做，夫人。」

「顯然你很討厭這樣？」

「話不是這樣說，夫人，不過我想我們最好還是不要再談這個了，做完這個月，我就會走。」

傭人們，鍾恩心想，很心懷不滿，滿腔情緒和怨恨。他們都很喜歡羅德尼，當然，這完全只因為他是男人，為男主人做什麼都不嫌麻煩。而羅德尼有時也會說出令人料想不到的關於傭人的事。

「別再責備艾德娜了，」他會出其不意地說，「她男朋友移情別戀，把她甩了，所以她才會老是掉東西，遞蔬菜時遞兩次，而且丟三忘四的。」

「你怎麼會知道的？羅德尼？」

「她今天早上告訴我的。」

「這可真奇了！她居然會跟你談這事情。」

「嗯，其實是我問她出了什麼事。我留意到她眼睛紅紅的，好像哭過。」

羅德尼，鍾恩心想，真是個少見的好人。

有一次她對他說：「我還以為憑你當律師的經驗，會厭倦人跟人之間的糾結。」

當時他若有所思地回答說：「對，大家都會這樣以為。不過卻不是那麼回事。我猜想，除了醫生之外，就屬鄉下家庭律師最容易看到人性陰暗面。不過這只加深了他對人類的憐憫——人是這樣的脆弱，因此才容易產生恐懼、懷疑和貪婪，有時卻又出乎意料地不自私和勇敢。這大概是唯一的補償吧——讓人更有同情心。」

鍾恩差點就說出口了：「補償？這話怎麼說？」但出於某種原因，她沒有說。最好別說了，她心想，不，最好什麼都別說。

但她有時卻為了羅德尼太有同情心而感到困擾。

就拿賀德斯頓老頭的抵押貸款來說吧。

她不是從羅德尼那裡獲悉此事的，而是從賀德斯頓多嘴的姪媳婦那裡聽到的。她忐忑不安地回到家。

羅德尼從自己私人資金裡撥款出來借給賀德斯頓，是不是真的？

羅德尼一臉惱怒之色，臉脹得通紅，說話語氣頗激烈：「誰告訴你的？」

她告訴他之後，說：「為什麼他不能按照正規途徑去借錢呢？」

「從生意的觀點來看，擔保品價值不足。所以這陣子農地要抵押貸款很難。」

「那你幹嘛要借錢給他？」

「哦，我覺得借他無妨。賀德斯頓真的是個好農夫，只不過缺乏資金，加上有兩季收成不好，所以才陷入窘境。」

「但說到底，是他的經濟情況很差，得要籌錢。我真的不認為這是筆好生意，羅德尼。」

接著，挺突然又出人意表的，羅德尼發脾氣了。

他問她，是否有先了解過全國各地農夫所陷入的困境？是否曉得那些困難、障礙，以及政府短視的政策？他站在那裡滔滔不絕講了一大堆關於整個英國農業的現況，然後滿腔熱忱、義憤填膺地描述起老賀德斯頓個人的困難處境。

「這有可能發生在任何人身上，不管這人有多聰明、多麼苦幹。換了我處在他的位置，也可能會發生這些情況。先是缺乏資金可推展，然後是霉運接踵而來。總而言之，很抱歉，我要說，這不關你的事。鍾恩，我不插手你怎麼理家、管教孩子，那是你的管轄範圍。而這件事則是我的管轄範圍。」

她聽了很不是滋味——很苦澀地感到受傷。這種口氣實在太不像羅德尼了。那次他們兩個差點就要吵起架來。

而且都怪那個討厭的老賀德斯頓。羅德尼一心都在那個笨老頭身上，星期天下午他會出門去那裡，整個下午都和賀德斯頓到處走動，回家後，滿肚子農作物以及牛隻疾病狀況的訊息，以及其他無趣的聊天話題。

他甚至讓上門的訪客成了這些話題的受害者。

嗯，鍾恩想起了在花園茶會裡，她留意到羅德尼和舍斯頓太太一起坐在花園座椅上，羅德尼不斷講著、講著、講著，講了那麼多，以致她好奇他究竟在講些什麼，於是走上前去。因為他看起來真的講得很興奮，而萊絲麗則顯然聽得津津有味。

結果很明顯他是正在講乳牛群，以及提升這地區牛隻品種水準的必要。

萊絲麗在這些事情上既沒專業知識又沒興趣，她對這話題很難感到興趣的。然而，她明顯地聽得很專心，兩眼望著羅德尼那張眉飛色舞的熱切臉孔。

鍾恩輕輕地說：「真是的，羅德尼，別用這些沉悶的事情煩擾可憐的舍斯頓太太了。」（因為那時舍斯頓夫婦剛來克雷敏斯特不久，他們那時還不太熟。）

羅德尼臉上的光輝馬上消失了，他一臉歉意地對萊絲麗說：「不好意思。」

萊絲麗卻——以她後來貫有的說話方式——馬上唐突地說：「你錯了，斯卡達摩太太，我覺得斯卡達摩先生談的這些事非常有意思。」

當時她眼中閃了一下光，使得鍾恩暗想：「說真的，我相信這女人挺有脾氣的……」

接下來發生的事就是米娜．蘭道夫走了過來，有點上氣不接下氣地叫著說：「羅德尼，親愛的，你一定得過來陪我打這一場球。我們都在等著你哪！」

然後使出只有真正的美女才能讓人接受的嬌媚專橫手段，伸出兩手把羅德尼從椅子上拉了起來，笑盈盈地看著他，一把就拉著他朝網球場走去，一點也不管羅德尼願不願意！

她走在羅德尼身旁，緊緊挽著他的手臂，轉過頭來仰視著他的臉。

當時鍾恩心裡很火大地想著，好倒是好，不過男人並不喜歡女孩子這樣獻媚法。

接著突然心裡奇怪地一涼，想著：也許男人的確是喜歡這樣的！

一抬頭，她發現萊絲麗正望著她。萊絲麗看起來不再像是個有脾氣的人，反倒像是替她——鍾恩——難過似的。這實在太不像話了。

鍾恩在窄床上不安地輾轉反側。她是怎麼又回頭去想起米娜．蘭道夫的？哦，對了，是在想她自己對別人有什麼影響。她猜想米娜並不喜歡她，無所謂，反正她也不在乎。這種女孩一有機會就會去破壞別人的婚姻生活！

哎，哎，現在已經沒必要為那事惱火了。

她得起床去吃早飯，說不定他們可以做個水煮荷包蛋讓她換換口味？她已經受夠了又老又硬的煎蛋捲。

然而那個印度人似乎對水煮荷包蛋這個建議無動於衷。

「用水煮？你是說煮蛋？」

不是的，鍾恩說，她指的不是水煮蛋。根據她的經驗，招待所的水煮蛋向來都煮得太老。她很努力地說明水煮荷包蛋的竅門，印度人卻搖頭。

「把蛋放在水裡，蛋會散掉。我給夫人做個很好的煎蛋。」

於是鍾恩有了兩個「很好的」煎蛋，外緣煎得捲曲起來，中間的蛋黃又老又硬，顏色發白。基本上，她心想，她寧願吃煎蛋捲。

早飯很快就結束了，她打聽火車的消息，但什麼消息都沒有。

所以，另一個漫長的日子又等著她去面對了。

不過今天，起碼，她會聰明地安排一下時間。問題就在於，直到目前為止，她做的只是想打發時間。

她是個在火車站等車的人，於是很自然地有緊張、神經質的心境。

假設她把這當作一段休息時間，並且，對，自律。天主教所稱的「避靜」帶有某種本質，教徒避靜過後，回來時靈性上變清新了。

鍾恩心想，我沒有理由做不到靈性一新。

也許，最近她的生活過得太散漫、太愉快也太輕鬆了。

似乎有個幽靈般的吉蓓小姐站在她身旁，以令人難忘的巴松管腔調說：「管好自己！」

不過實際上這話是她對布蘭西說的。她對鍾恩說的是（其實滿不客氣的）：「別太過沾沾自喜，鍾恩。」

真的很不客氣。因為鍾恩從來就不曾感到自滿——不是那種昏庸糊塗的方式。「想想別人，我親愛的，不要太過於想著你自己。」她的確是這樣做的啊，一直都是為別人想，很少為自己想，或者把自己擺在第一位。她向來都不自私，都為兒女著想、為羅德尼著想。

艾薇莉！

為什麼她又突然想到了艾薇莉呢？

為什麼這麼清晰地看到她大女兒的臉——臉上帶著禮貌、有點輕蔑的笑容。

艾薇莉，毫無疑問，從來都不曾好好地感謝自己的母親。

她說過一些話，頗譏刺挖苦，真的很讓人生氣。那些話倒不是真的無禮，但是⋯⋯

嗯，但是什麼？

那種不吭聲暗笑的樣子，那揚起的雙眉，還有悠悠走出房間的方式。

艾薇莉當然是愛她的，她所有兒女都愛她。

他們愛她嗎？

兒女們愛她嗎？他們真的關心她嗎？

鍾恩從椅子上起身，然後又坐了下去。

這些念頭是打哪兒來的？是什麼讓她想到他們的？這些想法太令人害怕、太不愉快了。把它們拋出腦海，盡量不要去想它們⋯⋯

吉蓓小姐的聲音。這回是撥奏……

「不要懶得思考，鍾恩。不要安於事情的表面價值，因為這是偷懶的方式，雖然這麼做會省得你痛苦……」

是否就是因為這樣，所以她才強迫自己打消這些念頭？是為了省得自己痛苦？

因為這些念頭的確都是令人痛苦的。

艾薇莉……

艾薇莉愛她嗎？艾薇莉……得了，鍾恩，面對現實吧——艾薇莉是否曾喜歡過她？

嗯，說真的，艾薇莉是個挺特殊的女孩——冷靜，不露聲色。

不，並非不露聲色。其實艾薇莉是三個兒女中唯一曾給他們帶來麻煩的。

冷靜沉著、舉止得體、不多話的艾薇莉，給他們的震驚有多麼大！

應該說是給她的震驚。

拆信時，她一點也沒戒心。信上的字跡潦草，像是出於識字不多的人之手，她還以為是來自眾多慈善金受惠者之一。

看信時，她幾乎未能領會信中所說。

這信是要讓你知道，你的長女跟療養院那邊的醫生在搞些什麼鬼，兩人在樹林裡親嘴，這種不要臉的事應該要加以阻止。

鍾恩瞪眼看著那骯髒的信紙，一陣暈眩欲嘔的感覺。

真是可惡！這麼惡劣……的事！

她聽說過匿名信，但以前從來沒有收到過。真的，匿名信讓人相當難受。

你的長女——艾薇莉？為什麼偏偏是艾薇莉？跟療養院那邊的醫生在搞什麼鬼（真噁心的用語）？是卡吉爾醫生嗎？那個傑出卓越的專科醫生，在治療結核病方面有很大成就，他比艾薇莉起碼年長二十歲，有個很迷人但久臥病榻的太太。

真是胡說八道！真惡劣的胡說八道。

就在那時，艾薇莉正好走進來，略為好奇地問她（因為艾薇莉向來都不是真的好奇）：「母親，有什麼事不對勁嗎？」

鍾恩拿著信的手在顫抖著，幾乎答不出話來。

「我認為連給你看一下都不要，艾薇莉——這信實在太噁心了。」她的聲音在發抖。

艾薇莉驚訝得揚起了冷漠細緻的秀眉：「是信裡寫了什麼嗎？」

「是的。」

「跟我有關？」

「你最好連看都不要看，親愛的。」

但是艾薇莉走過來，一聲不吭地從她手裡把信拿過去。

她站在那裡看信看了一分鐘，然後把信還給鍾恩，接著用若有所思、置身事外的口吻說：「對，是很不好。」

「不好？簡直就是噁心——相當噁心。說謊的人應該受到法律制裁才對。」

艾薇莉沉靜地說：「這是封很卑鄙的信，但卻不是謊言。」

整個房間突然天旋地轉了起來，鍾恩氣急敗壞地叫了起來：「你這是什麼意思？你到底在說什麼？」

「你不用這麼大驚小怪的，母親。我很抱歉這件事傳到了你這裡，但我料想遲早你還是會知道的。」

「你是說這是真的？你和……和卡吉爾醫生……」

「對。」艾薇莉只是點點頭而已。

「但這是很放蕩……很可恥的。一把年紀、已婚的男人……跟你這樣的年輕小姐……」

艾薇莉不耐煩地說：「你用不著把這事說得像肥皂劇似的，完全不是這樣的。事情是慢慢發展出來的，魯珀特的太太是個久病在床的人，已經很多年了。我們……我們就只是逐漸對彼此產生了感情。就是這樣。」

「就是這樣？你還好意思說！」鍾恩有很多話要說，而且說了出來。

艾薇莉只是聳聳肩，任由這場風暴圍著她打轉。最後，鍾恩筋疲力盡了，艾薇莉才說：「我相當能體會你的感受，母親。我敢說，換了我是你，也會有這種感受的。不過我想我大概不會說你講出口的某些話。但你無法扭轉事實，我和魯珀特彼此有感情，雖然我感到抱歉，但我實在看不出你對此能做些什麼。」

「對此做些什麼？我會去跟你父親講——馬上就去講。」

「可憐的父親。難道你非得拿這件事去煩他嗎？」

「我肯定他會知道該怎麼做。」

「其實他什麼也做不了，這事只會讓他煩得要死。」

那真是驚天動地時期的開始。

處於風暴中心的艾薇莉一直保持冷靜，而且顯然處變不驚。但也執拗得很。

鍾恩對羅德尼叨念了一次又一次：「我忍不住覺得這都是她擺出來的樣子而已，艾薇莉不像是那種會動真感情的人。」

但是羅德尼卻搖頭說：「你不了解艾薇莉。艾薇莉重感情多於理智。一旦愛上了，就會愛得很深，深到我懷疑她是否能自拔。」

「噢，羅德尼，我真的認為這是瞎說！畢竟，我比你懂得艾薇莉，我是她母親。」

「身為她母親並不表示你就真的對她有起碼的認識。艾薇莉向來都會選擇性的低調處理某些事情——不，也許該說是出於必要。愈是感受深刻的事情，她愈會在口頭上刻意貶低它。」

「你的說法很牽強。」

羅德尼緩緩地說：「嗯，相信我，這絕不牽強，而是真的。」

「羅德尼，我真的認為你是誇大了，只不過是不懂事女學生的浪漫情懷而已，她覺得受寵若驚地去想像……」

羅德尼打斷了她的話。「鍾恩，我親愛的，光說些你自己也不相信的話來安慰自己，是沒好處的。艾薇莉是真的對卡吉爾一片痴心。」

「那卡吉爾可就真可恥了，絕對可恥……」

「對，沒錯，大家都會這麼說。不過，試想，假使換了你是那個可憐鬼，太太長期臥病在床，而艾薇莉卻以一顆年輕、慷慨的心，對你付出熱情和美貌，還有她滿心的渴望和她帶來的新鮮感……」

「他比艾薇莉大二十歲呢！」

「我知道，我知道。要是他年輕個十歲的話，這誘惑大概就不會這麼大了。」

「他實在是個很糟糕的男人——糟透了。」

羅德尼嘆息。

「不是這樣的，他是個很優秀又很仁慈的男人，很敬業、樂業，在工作上有卓越成就，也是個以溫柔善良對待病妻始終不渝的男人。」

「你這會兒又想把他變成個聖人了。」

「這是哪兒的話？更何況大多數聖人，鍾恩，都有股熱情，很少是無情的。卡吉爾雖不是聖人，但他是很有人性的，有人性到陷入愛河、為情所苦。或許更有人性到會毀掉自己的人生，毀棄自己的畢生成就。這就要看了。」

「要看什麼？」

羅德尼緩緩地說：「要看我們的女兒怎麼做。要看她有多堅強，頭腦有多清楚了。」

鍾恩急切地說：「我們得把她送走，送她去郵輪旅遊怎麼樣？去北歐各國的首都——要不去希臘列島？諸如此類的旅遊。」

羅德尼微笑了。

「你是想用那套當年用在你老同學布蘭西身上的方法嗎？要記得，當年這個方法在她身上並不怎麼管用的。」

「你是說，艾薇莉會從某個外國港口下船跑掉嗎？」

「我認為艾薇莉會一開始就拒絕上路。」

「胡說，我們會堅持要她去的。」

「親愛的鍾恩，好好設想一下現實狀況吧。你無法強迫一個成年女子的。你既不能把艾薇莉鎖在她臥房裡，也不能強迫她離開克雷敏斯特。事實上，我也不願意這樣做。這些都是治標不治本的做法。艾薇莉是只肯受她所尊重的事影響的。」

「你指的是什麼？」

「現實。真相。」

「你為什麼不去找卡吉爾，用這醜聞去威脅他？」

羅德尼又嘆氣了。

「恐怕……我深深覺得……鍾恩，這樣會弄巧成拙。」

「你這是什麼意思？」

「我怕卡吉爾會豁出去，和艾薇莉一起遠走高飛。」

「這一來，他的事業不就完蛋了嗎？」

「那還用說。我並不認為這後果是出於他有違職業操守，而是他如果這麼做的話，人家就不會再因為他的情況特殊而諒解他了。」

「那當然，要是他曉得……」

羅德尼不耐煩地說：「他現在是不怎麼理智的，鍾恩，難道你對愛情一點也不懂嗎？」

這問題問得多可笑啊！她悻悻地說：「謝天謝地，那種愛情我不懂……」

就在這時，羅德尼讓她頗吃一驚。他對她露出微笑，然後輕輕說了一句「可憐的小鍾恩」，接著親她一下，就默默走開了。

他很好，鍾恩心想，曉得她對這整件氣人的事有多不開心。

是的，那段時期的確讓人很焦慮。艾薇莉沉默不語，不跟人說話。有時連鍾恩跟她說話，她也不回答。

我盡了全力，鍾恩心想。但是面對一個什麼都不聽的女兒，你能怎麼辦呢？

艾薇莉總是臉色蒼白、有氣無力地保持客氣，她會說：「說真的，母親，我們非得這樣下去嗎？老是講講講。我的確體諒你的立場，但難道你就不能接受純然的真相嗎？我的意思是，無論你說什麼或做什麼，都於事無補。」

情況就這樣持續下去，直到九月的一個下午，艾薇莉臉色比平時更蒼白了一點，她來對他們兩人說：「我想我最好告訴你們，魯珀特和我覺得再也不能這樣下去了，我們要一起遠走高飛。我希望他太太肯跟他離婚。不過要是她不肯的話，也沒什麼差別。」

鍾恩已經開始氣急敗壞反對起來，但羅德尼阻止了她。

「要是你不介意的話，鍾恩，讓我來處理。艾薇莉，我得跟你談談。到我書房來。」

艾薇莉露出一絲微笑說：「父親，你還真像個校長，可不是？」

鍾恩發作了：「我是艾薇莉的母親，我堅持……」

「拜託，鍾恩，我想單獨跟艾薇莉談。你不介意讓我們單獨相處一下吧？」

他的口吻很果斷，她正轉身要走出房間時，反倒是艾薇莉低沉清晰的聲音叫住了她。

「別走，母親。我不希望你走開。父親跟我說的任何話，我寧願他當著你的面說。」

嗯，起碼這點顯示，鍾恩心想，母親還是有些重要性的。

艾薇莉和她父親對望的方式多怪啊！那是種很提防地打量著對方、很不友善的態度，宛如舞台上兩個敵對的角色。

然後羅德尼微微一笑說：「我明白了。原來是膽怯！」

艾薇莉的回答很冷靜，聲音中帶點驚訝：「我不明白你的意思，父親。」

羅德尼突然答非所問地說：「可惜你不是男孩子，艾薇莉。有時你出奇地像你叔公呢！他的眼神很奇妙，有辦法用來掩飾己方的弱點，或者用來激發對方的弱點。」

艾薇莉馬上說：「我這方沒有任何弱點。」

羅德尼故意說：「我會證明給你看你是有弱點的。」

鍾恩提高嗓門叫了起來：「艾薇莉，你當然不可以做出這麼壞或這麼傻的事。你父親和我都不會容許的。」

聽到這話，艾薇莉微微一笑，卻不看著母親，反而看著父親，好像她母親這話是針對父親而說似的。

羅德尼說：「拜託，鍾恩，讓我來處理。」

「我認為，」艾薇莉說，「母親絕對有權說她想說的話。」

「謝謝你，艾薇莉。」鍾恩說，「我當然會這麼做。我親愛的孩子，你要明白，你的打算是不可能的。你年輕、浪漫，所有的事情都看得不真切。你現在衝動之下做出的事，過後就會後悔莫及。再想想你這樣做會讓你父親和我有多傷心。你難道沒想過這點嗎？我肯定你不會希望我們痛苦的——我們一向都這麼愛你。」

艾薇莉很耐心聽著，卻沒有答話，視線不曾離開她父親的臉。

等到鍾恩說完了，艾薇莉仍然看著羅德尼，唇邊浮出一絲嘲弄的笑意。

「嗯，父親，」她說，「你有沒有什麼要補充的？」

「沒有要補充的。」羅德尼說，「不過我自己有些話要說。」

艾薇莉狐疑地望著他。

「艾薇莉，」羅德尼說，「你確實了解婚姻的意義嗎？」

艾薇莉兩眼略微睜大了些。停了一下才說：「你是要告訴我說婚姻是神聖的嗎？」

「不是，」羅德尼說，「我認為婚姻可能很神聖，也可能不神聖。我要告訴你的是，婚姻是個合約。」

「哦！」艾薇莉說。

她似乎有一點兒——就只有一點兒——嚇了一跳。

「婚姻，」羅德尼說，「是兩個人之間的合約，雙方都是成年人，身心及理解能力健全，對於他們所要承擔的有充分認識。這是對合夥關係的規範，雙方合夥人都要履行這合約的條款。也就是說，要福禍同享，不管是生病或健康的時候，不管是富有或貧窮的時候，不管是好或壞。

「因為這些話都是在教堂裡面說的，有神職人員的認可和祝福，所以形同合約，就如同兩人之間憑信心所達成的協議一樣。儘管有些義務不是靠法庭的法律來強制執行，但這些義務還是落在那些當初許下承諾的人身上。我想你也會同意這很公平合理吧。」

談話停頓了一下，然後艾薇莉說：「以前可能真的是這樣，可是現在對婚姻的看法跟以前不同了，而且有很多人並不是在教堂裡結婚的，沒有採用教會的誓詞。」

「也許是這樣。但是十八年前魯珀特·卡吉爾的確在教堂裡講了這些話，許下了諾言、成立了合約，你敢說他那時候不是懷著誠信說出這些話，並真心打算履行它們的嗎？」

艾薇莉聳聳肩。

羅德尼說：「你是否承認，雖然沒有法律的強制執行，魯珀特·卡吉爾的確是跟那個成為他妻子的女人定下了這個合約？他當時已經設想到未來貧病的可能，而且表明了它們不會影響這婚姻的永久性。」

艾薇莉面無血色。她說：「我不知道你說這麼多的目的何在。」

「我希望你承認，承認婚姻除了感情和思想的因素之外，其實是一份常見的商業合約。你承不承認這點？」

「我會承認。」

「而魯珀特·卡吉爾在你的默許下準備毀約？」

「對。」

「無視於另一方合夥人根據合約所應有的權益？」

「她會沒事的。她倒不是真的那麼喜歡魯珀特，她只想著自己的健康狀況，還有……」

羅德尼很不客氣地打斷了她的話。「艾薇莉，我可不是要聽你說這些感情用事的話，我要的是你承認一個事實。」

「我沒有感情用事。」

「你有。你根本就不知道卡吉爾太太的想法和感受。你只是憑空想像她的一切來配合你的需求而已。我想要的是你承認，承認她有權利。」

艾薇莉把頭往後一甩。

「很好。她有權利。」

「那麼你現在很清楚自己在做什麼了？」

「你說完沒有，父親？」

「還沒有。我還有一點要說。你也曉得的，對不對？你曉得卡吉爾在做的是很有價值又重要的工作，他在治療結核病方面成就驚人，所以他在醫學界裡是個很卓越的人物，而很不幸的，一個人的私生活會影響到他的事業。換句話說，卡吉爾的工作、對人類的助益，非常有可能會因為你們兩個現在打算做的事而受到嚴重影響。」

艾薇莉說：「你是打算說服我，讓我認為我有責任放棄魯珀特，好讓他繼續造福人類？」

她語氣中帶有一絲嘲諷。

「不是的，」羅德尼說，「我是在為那個可憐鬼著想……」

他語氣突然激烈起來。

「你可以相信我說的，艾薇莉，一個男人要是無法做他想做的事，而且是他天生適合的工作，那他只是半個男人而已。我站在這裡清清楚楚地告訴你，要是你把卡吉爾從他的事業中奪走了，讓他再也不能繼續他的工作，終有一天你只能無能為力地，看著你愛的這個男人很不快樂，不能發揮自己的專長，疲累又灰心，老得比實際年齡快，只能過著半個人生。要是你以為你的愛或任何一個女人的愛，可以補償他這點的話，那我坦白告訴你，你就是個該死的感情用事的小傻瓜了。」

他停下來，往椅背上一靠，一手插在頭髮裡。

艾薇莉說：「你跟我說了所有這些，但我怎麼知道……」她突然住口，然後又開始說：「我怎麼知道……」

「知道這是不是真的？我只能說，我認為是真的，而且是就我的體驗知道的。艾薇莉，我是以一個男人的身分、也是一個父親的身分，在跟你講這些的。」

「是，」艾薇莉說，「我明白了……」

羅德尼又開口了，聲音聽來很疲倦又悶悶的：「你自己看著辦吧，艾薇莉，去檢驗我告訴你的話，去接受這話或推翻它。我相信你有勇氣，頭腦很清楚。」

艾薇莉緩緩走到門口，停下腳步，手握著門柄，轉過頭來往後看。

當她開口說話時，突然流露出的悻悻、鬥氣語氣讓鍾恩嚇了一跳。

「你別夢想我會感激你，」她說，「父親，我想……我想我恨你。」

然後她就出去了，反手關上了門。

鍾恩作勢要去追她，但羅德尼做了個阻止的手勢。

「讓她去吧，」他說，「讓她去吧。你難道不明白嗎？我們贏了……」

第八章

然後這件事，鍾恩回想，就這樣結束了。

艾薇莉變得很沉默，跟人講話時只用單字回答，如果可以不說話，她絕對不開口，人也愈來愈蒼白消瘦。

一個月之後，她表示打算去倫敦的祕書學校受訓。

羅德尼馬上就同意了。艾薇莉離開他們時，一點也沒有表示出難過、不捨的樣子。

三個月之後，她回家探望家人，神態已經相當正常，而且就鍾恩的理解，她在倫敦似乎過得挺快活的。

鍾恩放下了心，並且向羅德尼表達了她的安心。

「整件事都煙消雲散了。我一直沒把這件事當真。這只不過是黃毛丫頭的痴心幻想而已。」

羅德尼看著她，露出微笑，說：「可憐的小鍾恩。」

他這話經常讓她很惱火。

「嗯，你得承認那時期的確很讓人煩惱。」

「是的，」他說，「的確是令人煩惱，但卻不是你的煩惱，是嗎？鍾恩。」

「這話怎麼說？任何影響孩子的事情，我都比他們還難過。」

「是嗎？」羅德尼說，「我倒懷疑……」

這倒是真的，鍾恩心想，而今艾薇莉和她父親之間的確關係冷淡，以前他們一直都像朋友似的，現在兩人之間卻似乎只有禮貌客套。另一方面，艾薇莉對待母親卻以她向來的冷靜、不置可否的方式，表現得相當討人喜歡。

我料想，鍾恩心想，現在她不住在家裡，所以比較懂得珍惜我了。

她自己當然是很歡迎艾薇莉回來探望的，艾薇莉的冷靜明理似乎讓家裡的氣氛緩和許多。

因為芭芭拉現在已經長大了，變得很難相處。

鍾恩對小女兒的交友情況愈來愈感苦惱。女兒似乎沒有辨別力，克雷敏斯特有那麼多好女孩，但芭芭拉卻似乎是故意唱反調，就是不肯跟她們來往。

「她們都呆板得要死，母親。」

「胡說，芭芭拉，我很肯定瑪莉和愛莉森都是很討人喜歡的女孩，很風趣幽默。」

「她們根本就糟透了，還戴髮網呢！」

鍾恩瞪大了眼睛，很感不解。

「真是的，芭芭拉，你這話是什麼意思？戴髮網有什麼關係？」

「有關係。這是一種象徵。」

「我認為你在瞎扯，親愛的。還有潘蜜拉，她母親向來是我的好朋友。你為什麼不多跟她出去玩呢？」

「噢，母親，她沉悶得無可救藥，一點都不好玩。」

「嗯，我認為她們都是很乖的女孩。」

「對，乖得讓人受不了。再說，你怎麼看她們，和我有什麼關係？」

「你真是無禮，芭芭拉。」

「好吧，我的意思是，你又不用跟她們相處，所以我怎麼認為才重要。我喜歡貝蒂和普琳露絲，可是我帶她們來喝茶時，你總是不把她們放在眼裡。」

「坦白說，親愛的，她們挺糟糕的。貝蒂的爸爸經營那種大遊覽車旅遊，而且連『h』音也不會發[19]。」

「可是他很有錢。」

「錢不是一切，芭芭拉。」

19 此指教育程度不高。因為說英文時不發「h」音者，往往是低下階層的人。

「整個重點在於，母親，我可以自行選擇朋友嗎？可以還是不可以？」

「你當然可以，芭芭拉，不過得讓我來指導你才行。你還很小。」

「所以你的意思是不可以囉？我想做的事一件都不能做，實在讓人很火大！這個家簡直就是個監獄。」

就在這時，羅德尼剛好走進來，於是問：「什麼監獄？」

芭芭拉大叫著說：「這個家是監獄！」

羅德尼不但沒有嚴肅看待這事，反而笑著揶揄說：「可憐的小芭芭拉，被當成了黑奴。」

「嗯，我的確是。」

「也很應該。我贊成奴役兒女。」

然後芭芭拉摟住他，屏息說：「親愛的老爸，你實在太、太、太好笑了。我一向都沒辦法生你很久的氣。」

鍾恩氣憤起來，「我可不希望……」

但羅德尼在大笑，等到芭芭拉跑出房間以後，他才說：「鍾恩，別太當一回事。小牝馬總得要踢跳一下的。」

「可是她交往的這些差勁朋友……」

「這不過是喜歡浮華、誇耀的暫時性階段而已，會過去的，不用擔心，鍾恩。」

別擔心？說得倒很容易，鍾恩當時氣憤地想著。要是她不防範的話，孩子們會出什麼事？

羅德尼太好講話了，不可能懂得一個做母親的感受的。

然而，芭芭拉選擇女性朋友固然教人操心，但是她看上眼的男人更教人煩惱，相形之下，前者簡直不算什麼。

喬治・哈蒙，還有那個令人反感的衛爾摩小子——不但是對手律師事務所的成員（這家事務所承接了鎮上比較不三不四的法律業務），而且還是個酒喝太多、講話太大聲、喜歡賭馬的年輕人。在市政廳舉行耶誕慈善舞會的那天晚上，芭芭拉就是跟衛爾摩小子一起失蹤，直到五支舞曲過後才出現，朝著她母親坐的方向心虛又挑釁地看了一眼。

他們兩個似乎跑到外面屋頂上去坐了一陣子——只有放蕩的女孩才會這樣做，鍾恩如此告誡芭芭拉，她這麼做讓鍾恩很憂慮。

「別這麼老古板，母親，這很荒唐可笑。」

「我一點也不老古板。我告訴你，芭芭拉，從前監督少女出席社交場合的概念又時興了。現在的女孩子不再像十年前那樣跟年輕男子往來。」

「真是的，母親，你講得讓人聽了還以為我要去跟衛爾摩度週末似的。」

「別這樣說話，芭芭拉，我不准你這樣說話。而且我還聽說有人在『狗與鴨』酒館裡見到你跟喬治・哈蒙在一起。」

「噢，我們只是一家家酒館逐店鬧飲而已。」

「你太年輕了，不准做這種事。我不喜歡如今女孩家那樣子喝烈酒。」

「我喝的只是啤酒而已。事實上，我們是在玩擲飛鏢。」

「嗯，我不喜歡這樣，芭芭拉，也不准你這樣。我既不喜歡喬治．哈蒙，也不喜歡湯姆．衛摩爾，以後不准這兩個人再來我們家，你聽明白了嗎？」

「好的，母親，這反正是你的家。」

「總之，我看不出你喜歡他們哪一點。」

芭芭拉聳聳肩。「噢，我不知道，他們很夠刺激。」

「我不准你請他們來我們家玩，聽到沒有？」

那次之後有個星期天晚上，羅德尼竟然帶哈蒙小子回來吃飯，讓鍾恩很惱火。她覺得羅德尼太好說話了。她擺出最冷冰冰的態度，而這個年輕人似乎也因此跟著矮了半截，儘管羅德尼以親切友善的態度跟他交談，費盡心思讓他感到自在，但喬治．哈蒙卻一直失態，講話不是太大聲，就是嘟嘟噥噥讓人聽不清，再不然就是吹噓，之後又流露出歉意。

那天晚餐之後，鍾恩氣鼓鼓地把羅德尼拉到一邊數落。

「你肯定曉得我已經告訴過芭芭拉，不准這人來我們家吧？」

「我知道，鍾恩，但這樣做是錯的。芭芭拉的判斷能力很低，只看人的表面價值，分不出冒牌貨和真貨。她在一個異己的環境時，不知道自己身處何地，她需要在自己的環境裡去看別人。她一直把哈蒙小子當成危險又衝勁十足的人物，看不清他只是個愚蠢、愛吹牛、酒喝太多而且一輩子從沒好好工作過一天的年輕人。」

「我自己就可以告訴她這個！」

羅德尼笑了。

「哦，鍾恩，親愛的，不管我們說什麼，年輕一代都聽不進去的。」

這話的真確性，後來在艾薇莉一次回家時，讓鍾恩看清楚了。

那次招待的是湯姆．衛摩爾，面對艾薇莉冷靜、批判性的厭惡，湯姆一點都顯不出優勢來。

之後，鍾恩無意中聽到兩姊妹的談話。

「艾薇莉，你不喜歡他？」

艾薇莉輕蔑地聳起肩膀，很乾脆地回答說：「我認為他差勁透了。芭芭拉，你挑選男人的眼光真的很糟糕。」

從那之後，衛摩爾就消失了蹤跡，而薄情善變的芭芭拉有一天還喃喃地說：「湯姆．衛摩爾？哦，可是這人差勁透了。」一臉認定此說的天真表情。

鍾恩著手安排打網球活動，邀請人來家裡，但芭芭拉卻堅決不肯合作。

「別這麼瞎忙，母親，你老是想叫人家來。我討厭請人來，而且你總是請些很討厭的人來。」

鍾恩聽了面子掛不住，於是很凶地說她再也不管芭芭拉的休閒活動了。「我真不知道你究竟想怎樣！」

「我只希望你們都別來煩我。」

芭芭拉真是個難相處的孩子，鍾恩氣呼呼地對羅德尼說。他也同意這話，微微蹙著雙眉。

「要是她能明說到底想要什麼就好了。」鍾恩繼續說。

「她自己也不清楚，她還很年輕，鍾恩。」

「所以她需要有人替她決定事情呀！」

「不，我親愛的，她得自己去摸索。你就讓她……讓她帶朋友來家裡好了，如果她想要這樣做的話。但千萬不要替她安排什麼，這點似乎最引起年輕人的反感。」

完全就是男人家的想法，鍾恩有點生氣地想著，把事情撇到一邊，態度含含糊糊的。如今她回想起來，可憐、親愛的羅德尼，一向都是挺含糊的。她才是那個得講究實際的人！然而大家反倒說羅德尼是個很精明的律師。

鍾恩還記得有一天晚上，羅德尼在看本地報紙上一則結婚啟事，喬治·哈蒙和普琳露絲結婚了，羅德尼露出揶揄的微笑說：「小芭，這人可不是你從前的相好嗎？」

芭芭拉像是覺得頗好玩似的哈哈大笑。

「我知道，我以前很迷他。他其實挺差勁的，可不是嗎？我是說，他真的很遜。」

「我一直認為他是個最其貌不揚的年輕人，實在想像不出你看上他哪一點。」

「現在我也看不出來。」十八歲的芭芭拉已經對十七歲的自己所做過的傻事不當一回事了。

「不過說真的，老爸，我那時真的以為自己愛上他了。我以為母親會設法拆散我們，那樣的話，我就會跟他私奔。萬一你或母親阻止了我們，我打定主意要把頭伸進烤箱裡自殺。」

「還真有茱麗葉的風格呢！」

芭芭拉有點不以為然地說：「我是說真的，爸爸，要是受不了一件事的話，還不如乾脆自殺算了。」

聽到這裡，鍾恩再也沒法沉默下去，厲聲插嘴說：「芭芭拉，不准說這樣邪惡的話。你根本不知道自己在說些什麼！」

「我忘了你也在場，母親。當然，你是永遠不會做這種事的，不管發生了什麼事，你總是鎮靜又理智。」

「我的確希望如此。」

鍾恩有點勉強忍住了脾氣。等到芭芭拉走出房間之後，她對羅德尼說：「你不應該縱容這個孩子講這種無聊話。」

「哦，反正她也會用她的方式講這件事的。」

「當然，她是絕對不會真的做出她剛才說的那種可怕事情的。」

羅德尼沉默不語，鍾恩驚訝地看著他說：「你可不會真的認為……」

「等她稍微長大一點，情緒穩定之後她是不會這麼做的。不過，芭芭拉情緒是很不穩定的，鍾恩，我們得要面對這點。」

「這一切都太荒唐可笑了！」

「沒錯，那是對我們而言，我們有一定的理智。但是對她而言卻不是，她向來都是認真得要命，情緒一上來，就什麼都看不見了。她不懂得抽離，也沒有幽默感，在兩性的問題上，她又早熟……」

「真是的！羅德尼。你講得就像是……就像社會新聞那些可怕的案子一樣。」

「社會新聞裡的可怕案子全是與活生生的人有關的，要記住。」

「對，可是好好撫養像芭芭拉這樣的女孩長大，並不……」

「並不什麼？鍾恩。」

「我們非得這樣講話嗎？」

羅德尼嘆息說：「不，不，當然不是。但我希望，是的，我真心希望芭芭拉能遇到某個像樣的年輕人，正正當當地愛上他。」

說過這番話之後，簡直就像是祈禱應驗般，年輕的威廉·瑞正好從伊拉克回國，住在他姑姑哈麗葉特夫人家。

鍾恩第一次見到他，是在他回國大約一星期後。一天下午，芭芭拉出去了，傭人領著威廉·瑞進到客廳裡。鍾恩驚訝地從書桌上抬起頭來，見到一個高大結實的年輕人，下巴突出、臉色紅潤，還有一雙沉穩的藍眼睛。

威廉·瑞臉色更紅了，他囁嚅著說他是哈麗葉特夫人的姪兒，上門拜訪是……呃……要把球拍還給斯卡達摩小姐……呃……因為前兩天她忘了帶走球拍。

鍾恩恢復了她的機智，從容大方地招呼他。

她說，芭芭拉可真粗心，老是把東西忘在別的地方。芭芭拉現在出門去了，不在家，不過可能過不久就會回來。瑞先生一定要留下來喝茶。

瑞先生看起來很樂意，於是鍾恩就按鈴吩咐傭人備茶，並垂問瑞先生姑母的近況。哈麗葉特夫人的身體狀況只占用了五分鐘時間，接著談話就停頓下來。瑞先生卻很幫不上忙，仍然紅著臉，直挺挺地坐著，臉上隱約現出內心苦惱萬分的神情。幸虧這時茶送上來了，轉移了注意力。

鍾恩仍然很客套地東拉西扯，但有點感到吃力，幸好羅德尼那天比平時早下班回家，讓她鬆了口氣。羅德尼很能配合，跟他談伊拉克、用些簡單的問題引這個年輕人開口，沒多久，威廉・瑞原先手足無措的僵硬放鬆了下來。接著羅德尼就帶他進書房去了，直到快晚上七點鐘，威廉才似乎很勉強地告辭離去。

「很不錯的孩子。」羅德尼說。

「是的，相當不錯，就是挺害羞的。」

「的確是。」羅德尼像是覺得挺好玩似的，「不過我不認為他平時也這麼害羞。」

「他待得真是夠久的！」

「兩個多小時。」

「你一定累壞了，羅德尼。」

「哦，一點也不，我倒挺開心的。這個年輕人很有頭腦，而且看事情的眼光很不尋常。腦筋很靈活，既有個性又有腦筋。是的，我喜歡他。」

「他一定是很喜歡你，盡可能地留下來跟你聊天。」

羅德尼那種好玩的神色又出現了。

「哦，他才不是為了跟我聊天才留下來的，他是希望等到芭芭拉回來。拜託，鍾恩，難道你看到愛情時認不出來嗎？這可憐的小伙子難為情得手足無措，所以臉才紅得像甜菜根似的。他一定是費了很大的勁才鼓起勇氣上我們家來的。結果上門以後，卻看不到他的意中人。沒錯，這是一見鍾情的例子。」

沒多久，芭芭拉匆匆回到家，正好趕上吃晚飯。鍾恩說：「芭芭拉，你認識的一個年輕小伙子來過了，是哈麗葉特夫人的姪兒。他把你的球拍送回來了。」

「哦，威廉．瑞？所以他找到球拍了？那天晚上球拍好像完全失去蹤影。」

「他待了好些時候。」鍾恩說。

「可惜我跟他錯過了。我跟克瑞伯家的人去看了場電影，蠢得要命的電影。你們有沒有被威廉悶死？」

「沒有。」羅德尼說，「我喜歡他。我們聊了中東政策。我料想，換作是你大概會覺得悶得要死吧。」

「我喜歡聽世上那些奇怪地方的事。我很想去旅行，老是待在克雷敏斯特讓人覺得很厭煩。總而言之，威廉不一樣。」

「你可以去受點職業訓練呀。」羅德尼建議說。

「哦！找份工作！」芭芭拉皺起了鼻子。「你知道，老爸，我是個懶鬼，我不喜歡工作。」

「想來，大部分人都跟你一樣吧。」羅德尼說。

芭芭拉衝過去擁抱他。

「你工作得太辛苦了，我一向都這樣認為。真是遺憾！」

接著，她鬆開手說：「我要去給威廉打個電話。他提過要去馬斯頓參加定點越野賽馬……」

她朝客廳後方的電話走去時，羅德尼站在她身後看著她的背影，表情很古怪，流露出質疑、不確定。

他喜歡威廉．瑞，是的，無疑從一開始就喜歡他。可是，當芭芭拉突然宣布說她和威廉訂了婚，兩人打算馬上結婚，以便她可以跟他一起回巴格達時，羅德尼卻又為何看起來如此憂心忡忡，如此焦慮？

威廉年輕、家世好，自己有錢，又有大好前途。然而為何羅德尼卻有異議，而且建議他們晚一點再結婚呢？為什麼他經常眉頭深鎖，看來很沒把握又迷茫的樣子呢？

然後，就在芭芭拉結婚之前，他突然發起脾氣來，堅持說她太年輕了。

只不過呢，芭芭拉很快就擺平了這項反對。她跟威廉結婚並前往巴格達六個月之後，輪到艾薇莉宣布訂婚消息了，對象是個證券經紀人，名叫愛德華．哈里森－威莫特。

他是個不多話、和藹可親的男人，三十四歲左右，非常富裕。

所以，說真的，鍾恩心想，一切似乎都轉變得好極了。羅德尼對於艾薇莉的訂婚倒是沒說什麼。鍾恩追問時他才說：「是的，是的，這是件好事。他是個很不錯的人。」

艾薇莉出嫁之後，家裡只剩鍾恩和羅德尼。

湯尼念完農學院課程，但卻沒通過考試，讓他們夫婦很操心，最後他去了南非，因為羅德尼有個客戶在那裡，這人在羅德西亞有座很大的橙園農場。

湯尼寫信給他們，雖然信的內容都不長，但熱情洋溢。後來他寫信回家，宣布他和一個來自南非德爾班的小姐訂婚了。鍾恩想到兒子竟然要娶一個他們沒見過的對象就很懊惱。這女孩也沒錢，而且說真的，他們對這女孩一無所知。

羅德尼說，這是湯尼自找的，所以他們一定要盡量往好的方面去想。他認為，從湯尼寄回家的照片看來，這女孩挺好的，而且似乎願意跟湯尼在羅德西亞從頭做起。

「我想這麼一來，他們這輩子大概就都待在那裡，不太會回來了。當初應該逼湯尼進律師事務所的。那時我就這樣說過！」

羅德尼露出笑容，說他並不擅長強迫別人。

「沒錯，不過說真的，羅德尼，你應該堅持的。這下子他恐怕很快就會在那裡定居下來，人都是這樣的。」

對，羅德尼說，這倒是真的。不過，他還是認為堅持的風險太大了。

風險？鍾恩說她不明白，他指的風險是什麼？

羅德尼說，他指的風險是兒子可能會不快樂。

鍾恩說，有時她對這些快樂之說很不耐煩，似乎沒有人想到其他的。快樂並不是人生中唯一的事，還有其他更重要的事。

譬如什麼？羅德尼當時曾這樣問。

嗯，鍾恩遲疑了一下子之後說，例如「責任」。

羅德尼說，當律師絕對算不上是種責任吧。

鍾恩有點氣惱，回他說，他很清楚她的意思。湯尼的責任是要討父親喜歡，而不是讓父親失望。

「湯尼並沒有讓我失望。」

可是，鍾恩驚呼說，羅德尼一定不喜歡唯一的兒子遠在萬里之外、隔著半個地球、住在他們永遠見不到的地方吧？

「是不喜歡，」羅德尼嘆口氣說，「我得承認自己很想念湯尼，他是這麼一個活潑開朗的人。是的，我想念他……」

「這就是我說的。你應該要堅決的！」

「說到底，鍾恩，那是湯尼的人生，不是我們的。我們的人生已經過去了，我的意思是，不管好壞，都過了活躍的階段。」

「對，嗯，從某方面說，算是吧。」

她想了一下又說：「嗯，這是很好的人生，當然，現在也還是。」

「我對此很感高興。」

他對她微笑著。羅德尼的笑容很好看，帶著揶揄的笑容，有時候像是在對你看不到的某事微笑著。

「真正的原因是，」鍾恩說，「你和我彼此真的非常適合。」

「對，我們不怎麼吵架。」

「再加上兒女方面我們也很幸運。要是他們變壞或者不快樂等等的話，那就糟糕了。」

「滑稽的鍾恩。」羅德尼當時這樣說。

「嗯，可是話說回來，要真是這樣的話，的確會讓人很難過的。」

「鍾恩，我不認為有什麼事情會讓你難過很久的。」

「嗯，」她思考著這個觀點，「當然這跟我脾氣很溫和也有關。我認為一個人的基本職責是，要懂得不可為任何事情而情緒失控。」

「實在是令人敬佩又合宜的態度！」

「這很好，不是嗎？」鍾恩微笑著說，「感覺自己在一些事情上取得了成就。」

「是的，」羅德尼嘆息說，「是的，當然是很好的。」

鍾恩哈哈笑起來，伸手輕輕搖了一下他的手臂。

「別這麼謙虛，羅德尼，這附近沒有哪個律師的業務比你更大了，你做得比當年哈利叔叔的時期還大。」

「是的，事務所做得相當好。」

「新合夥人還會帶來更多資金。你介意有個新合夥人嗎？」

羅德尼搖頭。

「哦，不介意，我們需要年輕的新血。艾德曼和我都漸漸老了。」

對，她心想，這是真的。羅德尼的黑髮中已經出現了很多灰髮。

鍾恩把自己從回憶中拉回來，看看錶。

這個早上過得相當快，那些令人心煩的胡思亂想似乎也沒再那麼肆無忌憚地闖入她腦中了。嗯，這不就表示「自律」果然必須嗎？要井井有條地整理思緒，只去回想那些愉快又令人滿意的往事——這就是她今天早上所做的。看看這個早上過得有多快，再過一個半小時就要吃午飯了。也許她最好出去散步一下，招待所附近走走就好，在吃另一頓又熱又油膩的飯之前活動一下。

她走進寢室，戴上了雙層氈帽，然後走出去。

一個阿拉伯男孩跪在地上，臉朝向麥加方向，伏低又直起身地膜拜著，嘴裡發出鼻音很重的祈禱文。

印度人不知何時跑了出來，站在鍾恩肩後，一副指點的口吻說：「他在做中午的祈禱。」

鍾恩點點頭。她覺得這資訊實在多餘，她很清楚這男孩在做什麼。

「他在說阿拉很體恤人，阿拉很慈悲。」

「我知道。」鍾恩說著走開了，緩緩朝向圍住火車站那邊的鐵蒺藜走去。

她記得曾經看過六、七個阿拉伯人拚命要把陷在沙裡的福特老爺車拉出來，每個人都朝不同的方向又拖又拉的。她女婿威廉向她解釋說，這些人在做這徒勞無功的努力之際，還滿懷希望地說著：「阿拉是很慈悲的。」

阿拉，她心想，一定得要慈悲才行，他們這樣各朝反方向拖這車的話，除非是奇蹟出現，否則是不可能把這車從沙裡拉出來的。

妙的是，他們似乎對此都相當樂在其中，開開心心的。「因沙拉」，他們會這樣說，意思是「但憑天意」，然後就去做那一點也不聰明的努力，滿足他們自己的意願。鍾恩的生活方式可不是這樣的。人應該要為明天深思熟慮，做好打算才是。不過要是活在像台拉布哈密德這種鳥不生蛋的地方，也許就不需要那樣做了。

要是在這裡待得太久的話，鍾恩尋思著，說不定連今天是星期幾都會忘掉了。

然後她心想，讓我看看，今天是星期四，對，星期四，我是星期一晚上抵達這裡的。

這時她已經走到鐵蒺藜交錯之處，見到再過去一點的地方有個穿制服的男人，拿了把長槍，正倚著一口大箱子，所以她猜想他大概是在守衛著火車站或者邊界。

這人看來好像睡著了，鍾恩認為自己最好別再走過去，免得他醒來朝她開槍。像這種事情，她心想，在台拉布哈密德這樣的地方未必是不可能的。

她沿著原路往回走，稍微繞一下路，這樣就可以繞著招待所走，既可以掌握時間，又不用擔心廣場恐懼症的怪異感覺發作（如果真的是廣場恐懼症作怪的話）。

當然，她也自我嘉許地心想，這個早上過得很不錯，她在腦海中找出了應該要感恩的事。艾薇莉跟可親的愛德華的婚事，這是個多麼腳踏實地又可靠的男人，而且又這麼富裕；艾薇莉在倫敦的房子相當好，哈洛德百貨公司就近在眼前。還有芭芭拉的婚事，以及湯尼的——雖然老實說並不真的那麼令人滿意，事實上，他們對此什麼都不清楚，湯尼本身就不是個令人滿意的兒子。湯尼應該留在家鄉，進他父親與合夥人的律師事務所。他應該娶個英國好女孩，喜歡戶外活動，步他父親的後塵。

可憐的羅德尼，黑髮如今夾雜著灰色，卻沒有兒子來繼承他的事業。

真相是，羅德尼對湯尼太軟弱了，他應該堅持己見不讓步才對。堅持，才是該做的事。就是說嘛，鍾恩心想，要是當初我沒堅持己見的話，今天的羅德尼會落到什麼下場，我還真想知道呢！想到這裡，她感到了一絲自我嘉許的溫暖光輝。說不定他們背了滿身債，就像賀德斯頓老頭一樣，要四處籌措資金。

她心想，不知羅德尼是不是真的很感激她為他所做的……

鍾恩望著遠方飄浮晃動的地平線，有一種奇異的、水汪汪的感覺。啊，她心想，這是海市蜃樓！

對，那就是海市蜃樓……就像沙地上的一池池水。這跟想像中的海市蜃樓並不一樣——以前她一直以為會看到樹木和城市的，那景象具體得多。

但即使是這不引人注意的水汪汪效果也很奇異，讓人感覺到：什麼才是現實？

海市蜃樓，她心想，海市蜃樓，這個詞似乎很重要。

她本來正在想什麼？哦，對了，在想湯尼，以及這孩子是多麼自私又不為人著想到極點。

湯尼一向都很難捉摸，他的態度總是那麼含糊，明明很順從，但卻又以他靜靜的、溫和的、滿臉笑容的方式，完全隨己意行事。湯尼向來都不是那麼愛她，沒到她心目中兒子對母親應有的聽話孝順地步。事實上，他反倒像是最關心他父親。

她還記得，湯尼還是個七歲小男孩的時候，有天半夜走進更衣室裡去找睡在那裡的羅德尼，平靜又毫不浪漫地宣布說：「父親，我想我一定是吃了毒蕈而不是香菇，因為我肚子痛得很厲害，我想我會死掉，所以我要來這裡死在你身邊。」

事實上，根本不關毒蕈或香菇的事，這孩子是得了急性盲腸炎，二十四小時之內就開了刀。但在鍾恩眼中還是覺得很奇怪，這孩子出了問題不去找她，反而是去找羅德尼；通常應該是去找母親才對。

是的，湯尼在很多方面都很磨人。在學校裡很懶惰，對比賽遊戲等很提不起勁，雖然他長得很好看，是那種帶出去會讓她很自豪的小男孩，可是湯尼似乎從來都不想要跟她出去，而且他有個讓人生氣的毛病，每次她要找他時，他就像是融入地貌中不見了人影。

「保護色。」鍾恩還記得艾薇莉這樣說，「湯尼在運用保護色方面，比我們聰明得多。」

鍾恩當時不大明白她的意思，不過卻有點感到被這話刺傷了。

鍾恩看看錶，不必走到太熱的地步，現在就回招待所去吧。這個早上過得非常好，沒有任何意外事件，沒有不愉快的思緒，沒有因為廣場恐懼症而驚慌……

真是的，她內心有個聲音在嚷著說，你講話的口氣簡直就像個護士。你把自己當成什麼人了？鍾恩．斯卡達摩。傷患嗎？精神病患？還有，你幹嘛既感到自豪卻又這麼疲累呢？難道過一個愉快、正常的早上，有什麼不尋常之處嗎？

她趕快走進招待所裡，很高興見到這回午飯有罐頭桃子可以換換口味。

吃過午飯之後，她回房間躺在床上。

要是能睡到下午茶時間就好了……

但她一點睡意也沒有，腦子很清醒，閉著眼睛躺在床上，身體卻感到很緊張，彷彿在等著什麼事發生……彷彿在戒備之中，準備隨時為了自衛而對抗某些逼近的危險。她全身肌肉都繃得緊緊的。

我得要放鬆，鍾恩心想，得要放鬆才行。

但她無法放鬆下來，身體僵硬又緊繃，心跳得比平時略快，腦子裡充滿警覺和懷疑。

整個狀況讓她聯想起了什麼。她搜索枯腸，終於找到了適當的比擬——牙醫的候診室。

在牙醫候診室裡的感覺就是這樣的，知道眼前有樣絕對不愉快的事情在等著你，所以你決心安撫自己，要自己別去想它，明知每一分鐘都讓這煎熬折磨愈來愈逼近……

但是，是什麼樣的煎熬折磨呢？她在等著什麼呢？

會發生什麼事呢？

所有的蜥蜴，她心想，都回到各自的洞裡去了……這是因為有場風暴即將來臨。那種暴風雨前的寧靜，等待……等待……

老天，她又變得前言不搭後語了。

吉蓓小姐……自律……靈修避靜……

避靜！她得要冥想。可以念誦什麼嗡……這是神智學還是佛教的？

不對，不對，應該要守著她自己信仰的宗教。冥想著上帝，想著上帝的愛。上帝……我們在天上的父……

她自己的父親——棕色落腮鬍修剪得整整齊齊，目光深邃、彷彿能看透人的藍眼睛，喜歡把家中樣樣東西整理得井然有序，一個和藹卻嚴格執行軍紀的軍官，這就是她父親，一個典型的退役海軍司令。至於她母親，高挑苗條、迷糊、不整潔、性情可愛、粗枝大葉，以致即使她把人氣得要命時，人家還是會替她找各種藉口。

她母親外出參加各種聚會時，會戴著奇怪的手套，穿著歪七扭八的裙子，鐵灰色頭髮梳成一個髻，帽子就歪斜地用髮針別在髻上，而且開心又安詳，絲毫不覺得自己的打扮有何不妥。而這位海軍司令的怒氣總是對女兒們發洩，從不對著妻子發作。

「為什麼你們這幾個女兒不能看顧好母親？讓她這副模樣出門是什麼意思？我絕對不容許像這樣的邋遢法！」他會大吼著。然後三個女兒會恭順地回答：「遵命，父親。」之後，她們彼此說：「話是沒錯，不過說真的，母親真的是無可救藥！」

鍾恩當然很喜歡母親，但這並不會蒙蔽她而無視於母親很累人的這個事實——做事完全沒有方法，也缺乏連貫性；雖然樂天開朗，卻不負責任，熱心但卻衝動。

母親去世後，她清理母親的文件，見到一封父親在他們結婚二十週年時寫的信，讓鍾恩相當震驚。

今天不能跟你共度，我感到非常難過，我的心肝。寫這封信是要告訴你，這些年來，你的愛對我的意義，今天更是比以往更讓我感到你的可貴。你的愛是我人生中至高無上的福氣，我為此感謝神，也謝謝你……

不知為何，她從來都不曉得父親對母親的感受竟然是這樣的。

鍾恩心想，到今年十二月，羅德尼和我就結婚滿二十五年了，我們的銀婚紀念日。她心想，要是他寫這樣一封信給我的話，該有多好啊！

她在腦中炮製了這封信。

最親愛的鍾恩：

我覺得必須寫下我欠你的一切，以及你對我的意義。我肯定你絕對想像不到，你的愛是我最大的福氣……

鍾恩中斷了寫這想像中的信，心裡想著，不知怎地，總覺得這很不真實。很難想像羅德尼會寫這樣一封信，不管他有多愛她……不管他有多愛她……

為什麼這麼挑釁地重複這句話呢？為什麼感到一陣古怪的輕微寒顫呢？在這之前，她一直在想些什麼？

對了！鍾恩突然一驚，回過神來，她本應該做靈修冥想的，結果反倒去想那些世俗之事——想她的父母親，他們已經去世很多年了。

去世了，留下她一人。

一人獨處在沙漠裡，獨自在這令人不快、有如牢房的房間裡。

無事可想，只能想自己。

她坐起身來，既然無法入睡，躺在床上也沒用。

她很討厭這些天花板很高、有小紗窗的房間，置身其中像被包圍住，讓你覺得自己好像小昆蟲似的。她想要一個空氣流通的大客廳，有漂亮繽紛的印花棉布椅面，壁爐火架上燃著熊熊的火，還有人，很多人，你可以去探望他們，而那些人也會上門來看你……

哦，火車一定要趕快來到，非得要趕快來。要不一輛汽車，或什麼的……

「我不能待在這裡！」鍾恩高聲說，「我不能留在這裡！」（自言自語，她心想，這可是很糟的跡象。）

她喝了些茶，然後出去了。她認為自己不能坐著不動光是想。

她要出去走走，而且不讓自己想東想西的。

想，會讓人難受。看看住在這地方的人——那個印度人、阿拉伯男孩，還有廚子，她很確定他們是從來不想什麼的。

有時我坐著一面想，有時就只是坐著……

這話是誰說的？真是令人欽佩的生活方式！

她不會去想，只會去走走，不會走得離招待所太遠，以防萬一，噢，只是以防萬一……

畫出一個大圈圈，繞呀繞，像隻動物般，真丟臉。是的，真丟臉，但沒有什麼法子。她得要非常、非常小心自己，否則……

否則什麼？她不知道。她一點頭緒都沒有。

她絕不可以去想羅德尼，絕不可以去想艾薇莉，絕不可以去想湯尼，絕不可以去想芭芭拉。她絕不可以去想布蘭西，絕不可以去想血紅色的杜鵑花蕾。（尤其絕不可以去想血紅色的杜鵑花蕾！）絕不可以去想詩詞……

她絕不可以去想鍾恩・斯卡達摩。可是這是我自己呀！不，不是。是，是的……

要是你沒事可做，只能想你自己，結果會發現些什麼關於自己的事呢？

「我不想要知道。」鍾恩高聲說。

她的聲音嚇了自己一跳。她究竟不想要知道什麼？

一場仗，她心想，我正在打一場要輸掉的仗。

但是跟誰打？為什麼打？

算了，她心想，我不想要知道……

抓緊這點。這是句好話。

她有種奇怪的感覺，彷彿有人跟她走在一起，某個她很熟的人，要是她回頭的話……嗯，她回過頭去，但並沒有人，一個人影都沒有。

然而那種「有人在旁邊」的感覺卻揮之不去，讓她很害怕。羅德尼、艾薇莉、湯尼、芭芭拉，沒有一個會來幫她，沒有一個幫得了她，沒有一個會想要幫她。他們沒有一個關心她。

她走回招待所去，想躲開這個窺伺她的人，不管那是誰。印度人站在鐵絲網門外。鍾恩走近時，有點搖搖晃晃，印度人盯著她看的神情令她惱火。

「什麼事？」她說，「怎麼了？」

「夫人看起來不太舒服的樣子，說不定夫人是發燒了？」

原來如此！可不是，原來如此！她發燒了。真笨，之前怎麼沒想到？

她趕快進屋裡去，得去量體溫，找她的奎寧丸。她有帶奎寧丸，不知放在哪裡。

她找出了體溫計，放到舌頭下面。

發燒，當然是因為發燒！前言不搭後語……那種無名的恐懼……憂心懸念、心跳加速。

純粹是生理上的因素，整件事情都是。

她取出體溫計看上面的指數。

華氏九十八點二度[20]，比平時體溫還低了一點點。

好不容易總算熬到了晚上。此時她真的很擔心自己了。不是因為太陽，不是因為發燒，一定是因為神經緊張的緣故。

「只是神經緊張的緣故。」人家說。她也曾經這樣說過別人。嗯，下午她並不知道，現在知道了。只因為神經緊張的緣故，真是的！神經緊張真要命！她需要的是醫生，一個善體人意的好醫生，以及一家療養院，還有一名和善又有效率的護士，不會離開房間。「絕對不能丟下斯卡達摩太太一個人。」結果她現在有的卻是沙漠中粉刷過的牢房，一個不很聰明的印度人，一個完全白痴的阿拉伯男孩，以及一名廚子。而這廚子過不久就會送上一頓飯，內容只有白飯、罐頭鮭魚、烘焙豆子，還有煮得很老的蛋。

全都不對，鍾恩心想，就我這情況，這樣的治療根本就是不對的……

20 約等於攝氏三十六點八度。

晚飯過後，她回房間去看她那瓶阿斯匹靈，只剩下六顆了。她不顧一切全都吃下去，這一來，明天就沒有了，但她覺得總得做些什麼事才行。下次再也不會這樣了，她心想，絕對不再沒帶適當的安眠藥物出門旅行了。

她脫了衣服，滿懷憂慮地躺了下來。

但說也奇怪，竟然幾乎馬上就睡著了。

那晚，她夢見自己在一所大監獄裡，裡面有曲折的走廊。她設法要出去，卻找不到路，然而，期間她卻相當確信自己的確知道出路……

你只需要回想起來就行了，她不斷努力告訴自己說，你只要想起來就行了。

到了早上她醒過來時，感到心情還算平靜，雖然很累。

「你只要想起來就行了。」她告訴自己說。

她起身穿好衣服去吃了早飯。

她覺得自己沒什麼事了，只是有點憂心，如此而已。

我想大概很快又會從頭開始了，她暗想。好吧，真要這樣，我也沒辦法。

她呆坐在椅上。預計不久就會出去，但眼下還沒到時候。

她不再去特別想些什麼事，也不再不去想事情。這兩者都太累人了。她打算任由自己的思緒飄移。

羅德尼律師事務所的外間辦公室，有個貼了白色標籤的契約箱，標籤上註明「艾弗克斯勛爵房地產，已故」、「威廉斯上校」。一箱箱就像舞台道具般。

彼得．舍斯頓那張臉從書桌後抬起，一臉聰慧熱切，多像他母親啊——不盡然，他的眼神像他父親，滴溜溜轉，老是側目看人。換了我是羅德尼，我就不會太信任他。她曾這樣想過。

奇怪，她竟然會想到這個！

萊絲麗死後，舍斯頓整個崩潰了，在短時間內就酗酒致死。孩子們由親戚接濟。最小的是個女孩，出生六個月就死了。

舍斯頓家的長子約翰步入林業，如今去了緬甸某地方。鍾恩還記得萊絲麗以及她那些手染沙發布面、軟墊布套等，要是約翰像他母親，像她那樣渴望看到植物快速生長的話，他現在一定很快樂。聽說他發展得很好。

彼得．舍斯頓則跑來找羅德尼，表達了他想到事務所上班的意願。

「母親告訴過我，她很肯定您會幫我的，先生。」

很有吸引力、爽快直率的男孩，滿臉笑容、積極，總是很急著討好人——鍾恩一直認為，他是舍斯頓家兩個兒子之中比較引人注意的。

羅德尼很高興地任用了這個男孩。說不定，這對他來說有點補償作用，因為他自己的兒子寧願跑到海外去，遠離家人。

說不定，時間久了之後，羅德尼會把彼得當成自己的兒子。彼得常來家裡，而且總是很討鍾恩喜歡。態度隨和又迷人，但卻不像他父親那樣油腔滑調。

然後有一天羅德尼下班回家，看起來很憂慮又不舒服的樣子。她問起來時，羅德尼不耐煩地回答說：「沒事。」完全沒事。但過了一星期左右，他提及彼得要走了，要去一家飛機製造廠上班。

「噢，羅德尼，你一直都在栽培他，而且我們兩個都那麼喜歡他！」

「對，很討人喜歡的男孩子。」

「到底出了什麼問題？是因為他懶惰嗎？」

「哦，不，他很有數字頭腦，這方面很行。」

「就像他父親一樣？」

「對，就像他父親一樣。可是這個男孩子受新發現所吸引——飛行——諸如此類的事。」

但鍾恩沒在聽羅德尼說話，她自己說出口的已經引起了某些聯想。彼得離開得很突然。

「羅德尼……出了問題，是吧？」

「出問題？這話怎麼說？」

「我是說……嗯，就像他父親一樣。他的嘴巴長得像萊絲麗，但那種奇怪的、游移不定的眼神，就跟他父親以前一樣。噢，羅德尼，這是真的吧？是不是？他是不是做了什麼？」

羅德尼緩緩地說：「只不過出了點小問題。」

「會計方面的？他汙了錢？」

「我不想談這個，鍾恩，沒什麼大不了的。」

「像他父親一樣走歪路！遺傳很奇怪吧？」

「很奇怪。不過似乎剛好相反。」

「你的意思是說，他也可能會是像萊絲麗？不過話說回來，她並不是個特別有效率的人，對不對？」

羅德尼以冷冷的語氣說：「我認為她是很有效率的人，堅持自己的工作，而且做得很好。」

「可憐的人。」

羅德尼生氣地說：「我希望你不要老是可憐她。這讓我覺得很煩。」

「可是，羅德尼，你真沒同情心，她這輩子真的過得很慘的。」

「我從來都不認為她是這樣的。」

「還有她的死……」

「我寧願你別再提這個了。」

他轉身走開了。

鍾恩心想，每個人都怕癌症，避談這字眼，要是可以的話，他們就用別的稱呼：惡性增生、一次重大手術、不治之症、裡面長了東西。連羅德尼也不喜歡提到這個。因為，畢竟這很難說——每十二人之中就會有一人死於這病，不是嗎？而且往往是最健康的人會得這病，那些人原本都跟這個沾不上邊的。

鍾恩還記得那天在市集廣場上從藍貝特太太那裡聽到這消息的情景。

「我親愛的，你聽說了沒？可憐的舍斯頓太太！」

「她怎麼了？」

「死了！」對方津津有味地說，然後壓低了聲音。「我相信是裡面長東西……沒辦法開刀……我聽說她被疼痛折磨得很慘，但還是勇氣十足，一直工作到最後兩個星期，直到他們非得給她嗎啡止痛為止。我姪媳婦一個半月前見到她時，她看起來病得很厲害，瘦得像竹竿似的，但還是跟往常一樣開懷說笑。我猜人就是不肯相信自己永遠好不起來了。哎，她這輩子也夠慘的，可憐的女人。我敢說這對她是個慈悲的解脫……」

鍾恩趕快回家告訴羅德尼。而羅德尼卻平靜地說，是的，他已經知道了，他是她的遺囑執行人，所以他們馬上就跟他聯絡了。

萊絲麗身後沒有留下多少遺產，所留下的都由孩子均分。遺囑中最讓克雷敏斯特熱烈討論的條文是：要把她的遺體送到克雷敏斯特安葬。「因為，」遺囑上這樣說明，「我在那裡的時候很快樂。」

於是萊絲麗就安息在克雷敏斯特的聖瑪莉教堂墓園裡。

有些人認為這是很奇怪的要求，因為她丈夫就是在克雷敏斯特被判定侵占銀行資金罪名的。但有的人卻說這相當自然，在所有的問題發生之前，她的確在這地方有過快樂的日子，因此在回顧時很自然地會把這地方當作失樂園。

可憐的萊絲麗。這家人都很悲慘，年輕的彼得在受訓後成為實習飛行員，結果卻撞機身亡。

羅德尼因此大受打擊，表現得很激動，似乎為了彼得的死而自責。

「可是說真的，羅德尼，我不明白你怎麼會有這樣的想法，這跟你一點關係都沒有。」

「萊絲麗叫他來找我，告訴他說我會給他工作，會照顧他的。」

「嗯，你也的確做了，你安排他到事務所上班。」

「我知道。」

「結果他誤入歧途，你也沒有追究他或什麼的。你自己填補了虧空，不是嗎？」

「對，是的，這不是重點。你難道看不出來嗎？這就是萊絲麗叫他來找我的原因，因為她曉得兒子軟弱，遺傳了舍斯頓不可信賴的缺點。約翰沒問題。她相信我可以照顧彼得，管住他的弱點。這孩子是個奇異的組合，有舍斯頓的欺詐毛病，卻又有萊絲麗的勇氣。阿馬達雷斯寫信給我，說他是他們雇用過最好的飛行員，駕起飛機勇猛又技術超群，這是他們形容的字眼。這孩子自告奮勇，你知道，在飛機上試用祕密新設備，這設備有危險性，所以他才會喪生。」

「嗯，我認為這種行為是很值得讚揚的，真的很光榮。」

羅德尼冷笑了一下。

「哦，沒錯，鍾恩。不過換了是你親生兒子這樣喪生的話，你會這麼滿不在乎地說出這話嗎？你會因為湯尼死得很光榮而感到滿意嗎？」

鍾恩瞠目結舌。

「可是彼得又不是我們的兒子。這完全是不同的。」

「我是在想萊絲麗……想著她會有什麼樣的感受……」

坐在招待所裡，鍾恩在椅子上換了一下坐姿。

為什麼來到這裡之後，舍斯頓一家就老是不斷出現在她的思緒裡呢？她還有別的朋友，那些比舍斯頓家任何一個人都對她更具意義的朋友。

她從來都不是很喜歡萊絲麗，只是為她感到難過而已。可憐的萊絲麗，躺在大理石板下。

鍾恩打了個冷顫。我發冷，鍾恩心想，我發冷，有人走在我的墳上[21]。

可是她在想的是萊絲麗的墳呀！

這裡很冷，她心想，又冷又陰暗。我要到外面的陽光下，不想在這裡待下去了。

教堂墓園、萊絲麗的墳，還有那朵從羅德尼外套上落下的沉重杜鵑花蕾。

狂風的確摧殘了五月的嬌嫩花蕾……

21 這是西方人無故打冷顫時的迷信說法。

第九章

鍾恩幾乎是跑著到外面陽光下的。

她馬上很快走起來，看都不看那一大堆空罐頭和母雞。

這樣好多了，溫暖的陽光。

溫暖，不再發冷了。

她已經逃離了那一切……

可是「逃離了那一切」是什麼意思？

吉蓓小姐的幽靈似乎突然靠近她身旁，用令人難忘的語氣說：「管好你的思緒，鍾恩，措詞要精準，搞清楚你逃離的究竟是什麼。」

可是她不知道，一點頭緒也沒有。

有些恐懼，有些威脅，死死追著來。

某樣一直存在的東西在等著她，而她就只能閃躲，坐立難安……

真是的，鍾恩．斯卡達摩，她對自己說，你表現得實在莫名其妙……

可是這樣說卻於事無補，她一定是有什麼地方非常不對勁，不完全是因為廣場恐懼症（她有沒有把這名稱弄對？沒有把握。這點讓她頗心煩），因為這回她是急著要逃離困住她的冰冷四壁，從那裡逃脫到開闊的地方和陽光下。現在來到外面，她覺得好多了。

到外面去！到陽光下！擺脫這些思緒。

她在這裡待得夠久了，這間天花板挑高的房間簡直就像陵墓。

萊絲麗的墳墓，還有羅德尼的……

萊絲麗……羅德尼……

到外面去……

陽光……

在這房間裡，這麼冷……

冷，而且孤獨……

她加快了腳步，擺脫招待所裡那間可怕的陵墓，如此陰冷，那麼封閉……

很容易讓人想到鬼魂的地方。

多愚蠢的想法——招待所幾乎可說是全新建築，兩年前才蓋好的。

新建築裡面不可能有不散的陰魂，大家都知道這點。

不，要是招待所裡有陰魂的話，那麼，一定是她，鍾恩·斯卡達摩，把它們帶到這裡來的。

喏，這可真是令人很不愉快的想法。

她加快了腳步。

最起碼，她堅定地想，現在沒人跟我在一起，我是獨自一人，這裡甚至沒有我可以去認識一下的人。

就像是……誰來著？史坦利[22]和李文斯頓[23]？在非洲蠻荒地帶相遇。

你是李文斯頓醫生，對吧[24]？

這裡卻完全不一樣，她在這裡可以遇到的唯一一人，就是鍾恩·斯卡達摩。

真是個滑稽的想法！「來見見鍾恩·斯卡達摩。」「很高興認識你，斯卡達摩太太。」

真是的，挺荒唐的想法……

跟你自己碰面……

跟你自己碰面……

22 史坦利（Henry Morton Stanley, 1841-1904），記者、探險家。

23 李文斯頓（David Livingstone, 1813-1873），著名的傳教士、探險家。

24 原文為「Dr Livingstone, I presume.」這句話源於十九世紀七〇年代，當時史坦利在報社的贊助下前往非洲尋找失蹤多年的李文斯頓。當他費時兩年終於找到已失蹤六年的李文斯頓時，便以這句話做開場白。此後，每當多年不見的朋友再度相遇時，有人會拿這句話來做一種幽默招呼語。

跌撞撞的。

哦，上帝，她害怕起來……

她怕得不得了……

腳步加快到近乎跑步了。她往前跑著跑著，有點跌跌撞撞的，思緒就像腳步一樣，也是跌撞撞的。

……我害怕……

……哦，上帝，我好害怕……

……要是有個人在這裡就好了，有個人陪著我……

布蘭西，她想著，但願布蘭西在這裡。

對，布蘭西就是她需要的人……

沒有人跟她這麼接近、這麼親，她的朋友之中沒有一個是這樣的，就只有布蘭西……

布蘭西，隨和、好心又熱心得很。布蘭西很好心，你嚇不倒布蘭西或讓她感到吃驚。

再說，布蘭西認為她很好，認為她的人生很成功，布蘭西喜歡她。

其他人都不是這樣的……

就是這……這念頭一直跟著她，這就是鍾恩．斯卡達摩心裡有數的，而且一直都知道……

很多蜥蜴又從洞裡鑽出來了……

真相……

一點一滴的真相，宛如一隻隻蜥蜴般從洞裡鑽出來，在說著：「我在這裡，你知道我，你很清楚，別假裝你不知道。」

而她也的確知道它們——這才是可怕的部分。

她認得它們每一個。

對著她咧嘴笑，嘲笑著她。

所有一點一滴的真相，自從她來到這裡之後，就向她顯現出來。她需要做的只不過是把它們拼湊起來而已。

她的整個人生故事——鍾恩．斯卡達摩真正的故事……

這故事在這裡等著她……

以前她從來不需去想這個。用些雞毛蒜皮瑣事填滿每一天的生活相當容易，沒有時間認識自我。

布蘭西說什麼來著？

「要是你沒別的事可想，只能一天又一天想著自己的話，到頭來不曉得會從自己身上發現到什麼。」

而她的回答是多麼的充滿優越感、自鳴得意又愚蠢莫及：「人難道會發現什麼自己以前不知道的事嗎？」

有時候，母親，我想你根本誰都不了解……

這是湯尼說的。

湯尼說的可真對啊！

她對兒女、對羅德尼都不了解。她愛他們，但她卻不清楚他們的想法。

她應該清楚的。

要是你愛對方，就應該去了解他們。

你不了解，是因為去相信那些愉快輕鬆的事情要容易得多，你不會肯面對實情來讓自己難受的。

就拿艾薇莉來說——艾薇莉以及她所承受的痛苦。

她不想承認艾薇莉在受苦……

艾薇莉一直都很鄙視她……

艾薇莉在年紀還小的時候，就已經看穿她了……

艾薇莉曾經受到人生打擊而心碎，說不定即使到現在，也仍然是個心靈殘缺的人。

但卻是個充滿勇氣的人……

勇氣，正是她，鍾恩，所欠缺的。

「勇氣並非一切。」她曾經這樣說過。

而羅德尼則說：「難道不是嗎？」

羅德尼是對的……

湯尼、艾薇莉、羅德尼——都是她的原告。

芭芭拉呢？

芭芭拉究竟出了什麼問題？為什麼醫生那麼保留？為什麼大家都瞞著她？

這孩子做了什麼了？這個感情衝動、管不住自己的孩子，結果嫁給了第一個向她求婚的男人，以便可以離家。

是的，這點的確是事實——這正是芭芭拉所做的。她在家裡不快樂。之所以不快樂，是因為鍾恩一點也不肯費心讓她在家裡住得開心。

她沒有對芭芭拉付出愛心，一點也不去了解她。她很快活又自私地以「為芭芭拉好」為由，決定了一切，根本就不管芭芭拉的喜好或意願。她不歡迎芭芭拉的朋友上門，婉轉地讓她們碰一鼻子灰。難怪遠嫁到巴格達這念頭對芭芭拉來說，就像是逃亡簽證了。

她匆忙又衝動地嫁給了威廉・瑞，照羅德尼的說法，芭芭拉根本就不愛他。然後發生了什麼事？

外遇？很不開心的外遇？大概就是那個賴德少校吧？對，這就說得通為什麼每當鍾恩提到他時氣氛就很尷尬。這人完全就像是那種男人，她心想，會去迷惑一個還沒長大的傻丫頭。

芭芭拉從小就容易情緒失控，所以在絕望之際，在絕望透頂的狀態中，她完全失控，意圖——對，一定是這麼回事——自殺。

而芭芭拉的狀況也非常、非常嚴重。

羅德尼是不是知情呢？鍾恩尋思著。羅德尼的確竭力勸阻過她，不想讓她趕到巴格達去。

不，羅德尼肯定不知道，否則就會告訴她了。嗯，不，說不定他不會告訴她，但他確實極力攔阻她前往。

可是她拿定了主意非去不可，說她受不了不去陪那可憐的孩子。

不用說，這是值得稱道的衝動。

只不過……這理由只有部分是真的吧？

難道她沒有被「旅行」這個念頭所吸引——去見識新奇的事物、新奇的地方？難道不是因為她很樂得享受扮演慈母的角色嗎？難道不是她自視為迷人、衝動的女性，很受病倒的女兒與心煩意亂女婿歡迎的人嗎？你真好，他們會說，這樣趕過來。

但是說真的，他們見到她卻一點也不開心！說白了，他們根本就是沮喪。他們提醒醫生守口如瓶，大家費盡心思不讓她知道真相。他們不願意讓她知道，是因為他們不信任她。芭芭拉沒信任過她。別讓母親知道——說不定這還是她的意思。

當她宣布說要回家時，他們多麼如釋重負啊。他們掩飾得相當好，很客套地抗議了一下，留她再多住一陣子，可是當她真的考慮這樣做而遲疑時，威廉馬上就讓她打消念頭了。

事實上，這趟她趕到中東去，唯一可能造成的好處是，很微妙地讓芭芭拉和威廉團結起來努力擺脫她，並守住他們的祕密。妙就妙在這一來，說不定因為她的來訪，而產生出正面的結果。鍾恩記得，芭芭拉因為還很虛弱，往往求助地望著威廉，而威廉的回應就是趕快找話講，解釋了某個疑點，擋掉鍾恩提出的不得體問題。

這時芭芭拉就很感激地看著他——深情地。

他們站在月台上送行，看著她遠去。鍾恩還記得威廉牽著芭芭拉的手，而芭芭拉則微微靠向他。

「加油，親愛的，」無疑他的意思是在這樣說，「很快就過去了，她馬上就走了……」

等到火車開走之後，他們會回到位於阿爾威亞那棟平房裡，跟莫朴西玩耍，因為他們兩個都很愛莫朴西。這可愛的寶寶長得就像威廉的滑稽漫畫版。而芭芭拉則會說：「謝天謝地她走了，這個家總算又歸我們了。」

可憐的威廉，如此深愛芭芭拉，一定一直都很不開心，然而他的愛和柔情卻從不曾動搖過。

「別擔心她！」布蘭西曾說過，「她會沒事的，何況還有孩子以及其他一切等等。」

好心的布蘭西，還試圖安撫她根本就不存在的憂慮。

而她，鍾恩，卻充滿優越感，滿腦子只有對老朋友的鄙視和憐憫。

感謝主，我不像這個女人……

是的，她居然還這樣禱告……

此時此刻，她願意付出一切，只求布蘭西在這裡陪她！

布蘭西，一片好心好意，對任何人都完全沒有譴責之心。

那天晚上在鐵路局招待所裡，她曾裹在虛偽的優越感斗篷裡禱告。

如今她不再感覺有片布遮掩她，她還能禱告嗎？

鍾恩身子往前一跌，雙膝跪下。

……上帝，她禱告著，救救我……

……我快瘋了，上帝……

……別讓我瘋掉……

……別讓我再想下去……

一片寂靜……

寂靜和陽光……

還有她自己的心跳聲……

上帝，她心想，遺棄了我……

……上帝不肯救我……

……我很孤單，非常孤單……

這片可怕的寂靜……這教人難受極了的寂寞……小鍾恩．斯卡達摩……愚昧、無用、自命不凡的小鍾恩．斯卡達摩……

孤零零在沙漠裡。

基督，她心想，曾經孤零零地待在沙漠裡。

待了四十個晝夜……

……不，不，沒人做得到的，沒有人受得了的……

這片寂靜、陽光、寂寞……

恐懼又向她襲來——對廣大、空曠空間的恐懼。人在這兒孤零零地，只有上帝……

她顫巍巍地站起身來。

她得要回到招待所去……回到招待所去。

那個印度人、那個阿拉伯男孩，還有那些母雞、空罐頭……

人類、人性。

她拚命往四周張望，看不到招待所的蹤影，見不到火車站那個小小的碉堡——無影無蹤，甚至連遠山也看不到了。

她一定是走得比以前還要遠得多，遠到周圍都見不到可辨識的地標了。

十分驚恐的她，根本就不知道招待所位於哪個方向……

那些山，那些遠山總不可能消失吧？但四周地平線上只見得到低低的雲層……那是山，還是雲？實在難說。

她迷失了方向，完全迷失了……

不，要是她往北走……沒錯，往北。

太陽……

太陽就在她頭頂上方……沒法靠太陽來辨認方向……

她迷失了，迷失了，大概永遠找不到回去的路了……

突然間，她狂跑起來。

起初往一個方向，跟著，突然驚慌地回頭往反方向，就這麼絕望地來回狂奔。

而且她也開始喊叫了起來，大叫著，呼喊著……

救命……

救命……

他們永遠聽不到我的叫喚，她心想……我離得太遠了……沙漠吞噬了她的聲音，音量小到像綿羊微弱的咩咩叫。像隻綿羊，她心想，就像隻綿羊似的……

祂找到祂的羊……

耶和華是我的牧者……

羅德尼——大街上的綠草地和幽谷……

羅德尼！她大喊著，救救我，救救我……

然而羅德尼在月台上漸行漸遠，抬頭挺胸……欣然想著有幾星期的自由了……在那一刻裡，他感到又年輕了……

他聽不到她叫喚的。

艾薇莉、艾薇莉——艾薇莉願不願意救救她？

我是你母親，艾薇莉！我做的一切向來都是為了你……

不，艾薇莉只會靜靜走出房間，或許還一面說：「沒什麼我能做的了……」

湯尼——湯尼會救她。

不，湯尼也救不了她，他遠在南非。

遠在天涯……

芭芭拉——芭芭拉身體很差……芭芭拉吃壞了肚子。

萊絲麗，她想到了。要是萊絲麗能的話，就會救我，但是萊絲麗已經死了，她吃了很多苦之後死了……

沒有用的，一個人都沒有……

她又跑了起來，沒命地跑，毫無概念或方向，就只是跑著……

汗水從臉上流了下來，流到脖子裡，流遍全身……

她心想，完蛋了……

主耶穌，她心想……主耶穌……

主耶穌會到這個沙漠、到她這裡來……

主耶穌會為她帶路，把她帶到綠色的幽谷。

……會帶領著她和羊群……

……迷途羔羊……

……悔過的罪人……

……行過幽谷……

……（不要陰影，只要陽光……）

……慈光引領。（可是陽光一點也不慈愛……）

綠色幽谷，綠色幽谷，她得找到綠色幽谷……

通往克雷敏斯特市中心的大街。

通往沙漠……

四十個晝夜。

才剛過了三天而已——所以主耶穌應該還在沙漠裡。

主耶穌，她祈禱著，救救我……

主耶穌……

那是什麼？

在那裡——遠方的右邊——地平線上模糊的小點！

是招待所……她沒走丟……她得救了……

得救了……

她雙膝一軟，跌在沙丘上……

第十章

鍾恩逐漸恢復了神志……

她覺得身體很不舒服，好像病了似的……

而且很衰弱，弱得像個嬰孩。

但她有救了，招待所就在那邊。過一會兒之後，等她稍微感到好些時，就可以站起來走回去了。

在這之前，她會待著不動，把事情想個水落石出。好好想清楚，不再假裝了。

畢竟，上帝沒有遺棄她……

她不再有那種可怕的孤獨感了……

但我得要想想，她告訴自己說，我得要想想，我得要把事情弄個清楚，我會在這裡就是這緣故——要把事情弄清楚……

她得要徹徹底底地認清鍾恩．斯卡達摩究竟是什麼樣的女人……

這就是她為什麼會來到這裡，來到這沙漠的原因。這明亮、可怕的光會照出她是什麼樣的人，會照出她不想要去看的所有事情真相——而其實那些事情，說真的，她一直都心裡有數。

昨天出現過一條線索，也許，她最好就從這線索開始。因為就是從那之後，可不是嗎？那第一股盲目的驚慌感就席捲了她。

她曾背誦詩詞——事情就從這兒開始的。

春天裡，我曾不在你身邊……

就是這句詩，讓她想起了羅德尼，而她則曾說：「可是現在已經是十一月了……」

一如那天晚上羅德尼曾說：「可是現在已經是十月了……」

那晚，就是他和萊絲麗一起坐著的那天晚上——他們兩個沉默不語地坐著，相隔四英尺的距離。當時她還想過，可不是嗎？這種距離不是太友好的樣子。

但她現在知道了——那還用說，其實當時她就知道了——為什麼他們兩人隔得那麼遠。

那是因為，不是嗎？他們不敢靠得再近一點……

羅德尼，和萊絲麗．舍斯頓……

不是和米娜．蘭道夫——從來就不是米娜．蘭道夫。她曾刻意在腦子裡編造關於米娜．蘭道夫那番鬼話，是因為她很清楚他們兩個根本什麼事都沒有。她拿米娜．蘭道夫作幌子，用來掩藏真相。

而且部分是因為——鍾恩，現在誠實點吧——部分也因為米娜．蘭道夫要比萊絲麗．舍斯頓容易讓她接受。

承認羅德尼被米娜．蘭道夫吸引不會傷她的自尊，因為米娜漂亮，是那種本就可吸引欠缺柳下惠精神者的狐狸精。

然而萊絲麗．舍斯頓——萊絲麗甚至不貌美，也不年輕，更不懂得打扮。萊絲麗臉上的倦容以及可笑的半邊臉笑容，要承認羅德尼竟然會愛上她，愛到不敢靠近，起碼要保持四英尺距離，以免控制不住自己的激情——這點是她極之不願意承認的。

那種渴念的愛火、那種無法滿足的情慾——這種熱情的力量是她自己從來都不懂得的……

那天他們兩人在阿謝當時，就有著這種愛火，而且她也感覺到了。就是因為感覺到了，所以她才那麼難堪地急忙跑開，不給自己時間去面對她其實已經知道的事……

羅德尼和萊絲麗沉默不語地坐著，甚至不看對方，是因為他們不敢這樣做。

萊絲麗愛羅德尼如此之深，以致希望死後安息在他所住的鎮上……

羅德尼低頭望著大理石墓碑說：「想到萊絲麗．舍斯頓躺在像這樣的一塊冰冷大理石下面，似乎是蠢得要命的事。」然後那朵杜鵑花蕾掉了下來，像濺開的猩紅色。

「心頭血，」他曾說，「心頭血。」

接著，他還這樣說：「我累了，鍾恩，我很累。」說完之後，還很奇怪地加了一句：「我們沒法都很勇敢……」

說這話時，他是在想著萊絲麗，想著她以及她的勇氣。

「勇氣並非一切……」

「難道不是嗎？」

還有羅德尼的精神崩潰，萊絲麗的死是主因。

在康瓦爾郡安詳地躺著，聽著海鷗的叫聲，對人生了無興趣，靜靜微笑著……

湯尼稚氣未脫的聲音說著：「難道你對父親一點都不了解嗎？」

她是不了解，她一點都不了解！因為，她差不多是橫了心不想要去了解。

萊絲麗望著窗外，解釋她為什麼要幫舍斯頓生個孩子。

羅德尼說「萊絲麗做事從來不做一半的……」時，也是望著窗外。

他們兩個站在窗前向外望時，看到了什麼？萊絲麗是否見到了她園中的蘋果樹和銀蓮花？羅德尼是否見到了網球場和金魚池？還是兩人都見到了愉悅的灰白鄉間以及遠山朦朧的樹林？那是從阿謝當山頂上見到的景色。

可憐的羅德尼，可憐、累壞了的羅德尼……

羅德尼面帶和藹、揶揄的微笑，羅德尼說「可憐的小鍾恩……」時總是那麼和藹，總是充滿感情，從來不讓她失望。

嗯，她一直是他的好太太，難道不是嗎？

她總是把他的利益擺在第一……

等一下——她有嗎？

羅德尼的雙眼在向她求情……憂傷的眼神，一直很憂傷的眼神。

羅德尼說：「我哪想得到會這麼討厭這個辦公室呢？」他神色凝重地看著她問：「你怎麼知道我將來會快樂呢？」

羅德尼向她懇求他想要過的生活，去當農夫的生活。

羅德尼站在辦公室窗前，望著市集上的那條牛。

羅德尼對著萊絲麗大談養殖乳牛。

羅德尼對艾薇莉說：「一個男人要是沒在做他想做的事，那他只是半個男人而已。」

這正是她，鍾恩，害了羅德尼的地方……

她焦慮得拚命要為自己剛曉得的判斷加以辯護。

她是為了做最好的打算才這樣的！人總得要實際一點！要替兒女們著想，她並不是出於自私才這樣做的。

但是這喧囂的抗議卻平息了。

她不曾自私過嗎？

難道不是因為她自己不想去農場生活嗎？她想要讓兒女有最好的——但什麼才是最好的？羅德尼難道不是也有跟她同樣的權利來決定兒女該有什麼嗎？

真正有優先權的難道不是他嗎？不是應該由做父親的來選擇兒女該過怎樣的生活，做母親的負責照顧他們的幸福、忠誠地實踐做父親的生活理念？

羅德尼曾經說，農場生活對孩子很好……

湯尼肯定會過得很開心的。

羅德尼看顧著湯尼，不讓他錯過他想要過的生活。

「我不太擅長於……」羅德尼曾這樣說過，「強迫別人做什麼事。」

可是她，鍾恩，不就毫無顧忌地強迫羅德尼……

鍾恩突然一陣心痛，想著：可是我愛羅德尼啊！我愛羅德尼，並不是因為我不愛他才……

她突然恍然大悟，正因為這樣，才更不可原諒。

她愛羅德尼，然而卻對他做出這種事。

要是她恨他的話，這樣做還情有可原。

要是她根本就不把他放在眼裡的話，這件事也不會那麼要緊了。

她愛他，然而，愛他的同時，她又剝奪了他與生俱來的權利——選擇自己生活方式的權利。

因此之故，由於她不擇手段地運用她身為女人的武器——搖籃裡的孩子，以及還在肚子裡的孩子——剝奪了他某些東西，使他至今未能復元。她剝奪掉的是他一部分的男子氣概。

也由於他的溫文，所以他沒有對抗她、征服她，因此餘生成為少了很多男子氣概的人……

她心想著，羅德尼……羅德尼……

她想著，而且我沒辦法把這些男子氣概還給他……無法補償他……我無能為力……

但是我愛他，真的愛他……

我也愛艾薇莉和湯尼、芭芭拉……

我一直都愛他們……

（但愛得不夠，這就是答案——不夠……）

她心想，羅德尼，羅德尼，難道我什麼都做不了？什麼都說不了嗎？

春天裡，我曾不在你身邊……

是的，她心想，有很長時間不在……自從那個春天之後……我們邂逅的那個春天……

我一直停留在原處——布蘭西說得對——我仍是那個離了聖安妮女校的女學生。輕鬆過活，懶於思考，沾沾自喜，害怕任何可能會痛苦的事……

沒有勇氣……

我能怎麼辦？她心想，能怎麼辦呢？

然後她想，我可以回到他身邊，可以說：「對不起，原諒我……」

對，我可以說這話……我可以說：「原諒我，我並不知道，我根本就不知道……」

鍾恩站起身來，兩腿發軟而且失神。

她緩慢吃力地走著，就像個老婦般。

走著、走著，一腳，然後另一腳……

羅德尼，她在心裡想著，羅德尼……

她覺得身體很不舒服，虛弱得很……

這是條漫漫長路，很漫長的路。

印度人從招待所裡跑出來迎接她，笑容可掬，揮著手，比手畫腳地說：「好消息，夫人，好消息！」

她瞠目以對。

「您見到了嗎？火車來了！火車停在車站，您今晚就可以搭火車走了。」

火車？帶她回到羅德尼身邊的火車。

（「原諒我，羅德尼……原諒我……」）

她聽到自己在大笑——狂笑，很不自然的笑法。印度人為之瞠目，於是她竭力鎮定下來。

「火車來了，」她說，「來得正是時候……」

第十一章

就像場夢一樣，鍾恩心想，對，就像場夢。

走過成捲的鐵蒺藜，阿拉伯少年提著她的行李箱，一面扯著嗓門在跟一名模樣怪異的高胖男人講著土耳其語，這人是土耳其火車站的站長。

熟悉的火車臥鋪車廂就在那裡等著她，身穿巧克力色制服的臥鋪廂房車掌正從車窗裡探出上半身來。

這節車廂的車身一側標明了「阿勒坡—斯坦堡」。

鐵路將蠻荒沙漠之中的招待所與文明世界連結了起來。

車掌用法語禮貌地寒暄招呼，為她打開臥鋪廂房，床已經鋪好了床單，放好了枕頭。

回到了文明世界……

外表上，鍾恩再度成了那位安靜、能幹的旅客，就像一星期左右前離開巴格達的那位斯卡達摩太太。只有鍾恩自己曉得表面之下那驚奇得幾乎令人害怕的轉變。

就像她所說的，火車來得正是時候；就在那股恐懼和寂寞之潮沖毀她精心豎立的最後那道心防之際。

她見到了——就像某些人曾見到的——一場異象，關於她自己的異象。雖然她看來只像是一個平凡的英國旅客，一心只管旅行的瑣事，但在沙漠的寂靜和陽光中，她產生了自責，這時心靈和腦子都因為這自責而感到謙卑。

對於印度人提出的意見和問題，她幾乎是機械式地回答著。

「夫人為什麼不回來吃午飯呢？午飯都準備好了，很好的飯菜。現在都快下午五點了，吃午飯太晚了。要茶點嗎？」

好，她說，她吃茶點。

「可是夫人究竟去哪裡了？我往外看，到處都看不到夫人，不知道夫人去了哪個方向。」

她走得太遠了，她說，比平時走得更遠。

「這不安全，非常不安全，夫人會迷路的，不知道往哪裡走才好，說不定會走錯路。」

沒錯，她說，有一陣子她迷路了，不過幸好後來走對了方向。她現在想喝茶，然後去休息。火車幾點發車？

「火車八點半開。有時候要等接駁車的客人來，但今天沒有接駁車。沙漠河床的情況很糟，現在有很多水——嘩啦沖過，嗖的一下！」

鍾恩點點頭。

「夫人看起來很累。說不定夫人發燒了？」

沒有，鍾恩說，她沒發燒，現在沒有。

「夫人看起來不太一樣了。」

嗯，她心想，夫人「是」不一樣了，可能這種不同顯現在她臉上。她回到房間裡，盯著沾了蒼蠅屎的鏡子看。

真的有不同嗎？她看著，無疑是老了一些，有黑眼圈，臉上有一道道黃沙與汗水。

她洗了臉，梳了頭，撲了點粉，擦了點口紅，然後再照照鏡子。

對，無疑是有點不一樣了，她臉上有種什麼不見了，那張臉迫切地回看著她。少了的是什麼？會不會是沾沾自喜的神情？

她以前是個多麼差勁的沾沾自喜之人啊！她仍然有那種剛才在外面產生的強烈反感——討厭自己——所產生的謙遜精神。

羅德尼，她想著，羅德尼……

她就只是在腦海裡輕輕重複呼喚著他的名字……

她抓著這名字當作決心的象徵。要告訴他一切，毫無保留。這點，她覺得，才是最重要的。雖然為時有點晚，但他們還是有可能一起開創新生活的。她會跟他說：「我是個愚蠢失敗的人，用你的智慧、用你的溫文教導我如何生活吧！」

還有，寬恕。因為羅德尼是很寬大的。羅德尼最了不起之處，她現在也明白了，就是他從來沒恨過她。難怪他那麼受人愛戴，兒女都崇拜他（甚至連艾薇莉在內，她心想，在那對抗的表面之下，其實一直都愛著她父親的），傭人都願意做任何事去討他喜歡，而他也到處都有朋友。羅德尼，她心想，一輩子都不曾對誰不好過……

她嘆息了。她很累，全身作痛。

喝了茶之後，她躺在床上，一直躺到吃晚飯時，然後準備去搭火車。

現在她不再覺得坐立難安了，沒有恐懼，不再渴望找點寄託或消遣，也沒有蜥蜴從洞裡鑽出來讓她害怕了。

她已經遇見了自己，認清了自己……

現在她只想休息，躺下來放空自己的腦子，心情平靜地躺著，腦海深處則隱約浮現著羅德尼那張仁慈黝黑的面容……

❖

這時她人已經在火車上，聽著車掌滔滔不絕地說完了這條鐵路線上的種種交通意外，也把護照和車票交給了他，並取得他的保證，說會發電報到斯坦堡去幫她重訂東方快車的臥鋪位。她也委託他從阿勒坡拍電報去給羅德尼：旅程延誤一切安好鍾恩。

羅德尼會在她原訂的抵達時間之前接到電報。所以一切全都安排好了，她再也沒什麼事可做可想的了，可以像個累壞了的小孩子一樣放鬆一下。

未來有五天平靜的日子，土耳其快車和東方快車向西方飛馳，帶著她一天天接近羅德尼以及寬恕。

第二天一大早，火車抵達了阿勒坡。直到那時之前，因為通往伊拉克的交通中斷了，所以鍾恩是車上唯一的旅客。但這時卻擠滿了上車的旅客。臥鋪訂位有延誤、取消和大混亂等情況。吵吵鬧鬧的講話聲、抗議、爭執、吵架……，各種不同語言一起出籠。

鍾恩坐的是頭等車廂，但這列土耳其快車的頭等臥鋪卻是老式的雙人房。

廂房門拉開了，走進來一名黑衣婦人，跟在她身後的車掌則從車窗探身下去，接住行李夫遞上來的行李箱。

廂房裡似乎擺滿了箱籠——上面蓋有皇冠圖案的名貴箱籠。

這名高個子婦人用法語跟車掌交談，指示他把東西放在什麼地方。最後車掌走了。婦人轉過身來對鍾恩露出笑容，一個見過世面、老於世故的笑容。

「您是英國人？」她說。

她講話幾乎不帶外國口音，有著一張蒼白秀氣的長形臉，表情極為豐富，一雙頗奇特的淺灰色眼睛。鍾恩猜她大概四十五歲左右。

「大清早就闖進來，很抱歉。這實在是很惡劣又不文明的發車時刻，以致我打擾了您的休息。還有，這些車廂也很過時，新的廂房都是單人房的。不過，話說回來……」她露出笑容，幾乎是孩子氣般的甜笑，「我們應該不會惹得對方太心煩，因為只不過兩天時間就到斯坦堡了，而我也不是太難相處的人。要是覺得我菸抽太多的話，就告訴我一聲。現在我就讓您好好睡一下吧，我去餐車，他們這會兒在掛餐車車廂了。」說時，車身突然碰撞一下，驗證了她的話。「我去那裡等著吃早餐。再次向您道歉，讓您受到打擾了。」

「哦，沒什麼關係，」鍾恩說，「旅行的時候，這些狀況都是意料中的。」

「看得出您很能體諒人，很好，我們會處得很好的。」

她走出去時，拉上了門，鍾恩聽到月台上傳來這婦人朋友招呼她的聲音，叫著：「莎夏——莎夏。」然後爆出滔滔不絕的談話聲，講的語言是鍾恩分辨不出的。

鍾恩這時已經完全清醒了。睡了一晚之後，覺得自己恢復過來了。她在火車上向來都睡得很好。她起床穿好衣服，快梳洗完畢時，火車從阿勒坡出發了。她準備好後，就走到外面走廊上，但在這之前，她先很快看了一下新旅伴箱籠上的標籤。

歐恩巴赫．撒姆公主。

在餐車裡，她見到這位新朋友正在吃早飯，一面很起勁地在跟一名矮胖的法國人交談。這位公主揮手招呼她，示意她坐到身旁座位上。

「您的體力可真好，」她聲稱，「換作是我，還會躺在床上睡覺。哪，波蒂爾先生，繼續講你剛才講給我聽的事，真是有意思極了。」

公主跟波蒂爾先生講法文，跟鍾恩講英文，跟服務員講流利的土耳其語，偶爾又隔著走道跟一名面帶愁容的軍官講同樣流利的義大利語。

沒多久，那位肥胖的法國人吃完了早飯，很禮貌地鞠躬告退了。

「您真是位精通多國語言的人。」鍾恩說。

那張蒼白的長臉露出了笑容，這回是帶著憂傷的笑容。

「也是……怎麼不呢？您瞧，我是俄國人，嫁了德國人，在義大利住了滿久的，我會說八、九種語言，有的說得好，有的說得不好。跟人交談是種樂趣，您不認為嗎？所有人類都很有意思，然而人在世界上只能活這麼短時間！人應該跟人交換想法、經驗。這世界上的愛不夠，這是我常說的。莎夏，我朋友跟我說，有些人真的沒法愛的，像土耳其人、亞美尼亞人、地中海東部的人。但我說我不這麼認為，我全都愛。Garçon, l'addition（法語：服務生，帳單）。」

鍾恩愣了一下，因為最後那句幾乎和前面的句子是連在一起的。

餐車服務員趕緊畢恭畢敬地過來，這時鍾恩才驚覺：原來她這位旅伴算得上是位相當重要的人物。

整個早上和下午，火車蜿蜒經過平原區，這時緩緩爬升到土耳其南部山區。

莎夏坐在自己的角落裡，閱讀、抽菸，偶爾出人意表地講些話，有些話還頗令人尷尬的。

鍾恩發現自己被這名奇怪的婦人迷住了，這人來自很不一樣的世界，她的心路歷程跟自己之前見識過的完全不一樣。

這種既抽離又親密的混合，對鍾恩有種奇特的魅力。

莎夏突然對她說：「你不閱讀……不看書嗎？你手上也沒有東西在做，你不編織，這點很不像大多數的英國婦女。可是你看起來卻很英國人——對，你看起來完全就是英國人。」

鍾恩露出笑容。

「其實我是沒有東西可以閱讀了。由於交通接駁中斷，我困在台拉布哈密德，手邊的書全都看完了。」

「可是你覺得無所謂？不覺得有必要在阿勒坡找點什麼。不，你很滿足於光是坐著看著窗外的山，但你又對它們視而不見——你是在看著某樣只有你才看得到的東西，對不對？你腦子裡正經歷著某種很了不得的感情，要不就是剛經歷過了。你有件傷心事？還是很值得高興的事？」

鍾恩猶疑了一下，眉頭微微一皺。

莎夏哈哈大笑起來。

「啊，這可真是英國人作風。要是我問些我們俄國人覺得很自然的問題，你們會認為很失禮。妙得很。要是我問你到過哪裡，住在什麼旅館，看過哪些風景，有沒有孩子，他們在做什麼，你是否常旅行，在倫敦有沒有認識哪個手藝好的髮型師——你會欣然答覆所有這些問題，但要是我問你一些我腦子裡想到的問題——你是否有件傷心事，你丈夫是否忠實？你是否常跟男人們睡覺？你人生中最美好的經驗是什麼？你是否意識到神的愛？所有這些問題就會讓你退避三舍，覺得受到冒犯。然而這些問題比前者有意思得多了，nicht wahr（德語：不是嗎？）」

「我想大概是，」鍾恩緩緩地說，「因為我們是很保守的民族。」

「對，沒錯。甚至不能對一個才結婚的英國婦女說：你懷孕了嗎？意思是說，不能在吃午飯時隔著飯桌這樣問對方。不行！而是得要把她拉到一旁，悄悄地問。可是要是寶寶已經躺在搖籃裡時，就可以說：『你的寶寶好嗎？』」

「嗯，這有點太過探人隱私了，不是嗎？」

「不，我不這樣認為。有一天，我遇見了一個多年沒見的朋友，是個匈牙利人，叫作米慈，我問她說，你結婚了——對，已經很多年了。你還沒有孩子，為什麼？她回答我說她也想不通！五年來，她說，她和丈夫拚命努力——真的喔！他們不知有多努力！她反問，她還能怎麼辦呢？由於我們是在午餐會上，大家都提出建議。沒錯，有些建議還挺實際的。誰知道呢，說不定就會有結果了。」

鍾恩看來不為所動。

然而她心底卻突然湧起了一股強烈衝動，想要對這個友善獨特的外國人打開心扉。她迫切地想要跟人分享之前經歷過的感受。她需要向自己確認這經歷的真實性……

她緩緩地說：「這是真的——我經歷了一次頗難受的經驗。」

「啊，是嗎？是什麼？跟男人有關嗎？」

「不，不，當然不是。」

「我很高興。因為通常都是為了男人──而到最後就變得有點無聊了。」

「我完全是一個人，待在台拉布哈密德招待所裡，很糟糕的地方，到處是蒼蠅和空罐頭，一片片的鐵蒺藜，招待所裡面又暗又陰沉。」

「這是為了降低夏天的炎熱，所以必須這樣。但我懂你的意思。」

「我沒有人可以聊聊，手邊的書也很快都看完了。結果就……結果就進入了一種很奇怪的狀態裡。」

「對，對，可能就會這樣的。你跟我講的這個很有意思，請接下去講。」

「我開始發現一些事情，關於我自己的事，我以前從來都不曉得的事，或者說是我其實已經知道，但是卻從來都不願意承認的事。我沒法跟你解釋得很清楚……」

「噢，可是你解釋得來的。這相當容易，我會理解的。」

莎夏表現出的興趣那麼自然，那麼不預設立場，鍾恩發現自己竟然拋開自我意識講了起來。由於莎夏認為談個人感受以及親密關係是很自然的事，於是鍾恩也這樣認為了。

她講的時候沒那麼猶豫了，她描述著自己的不安、恐懼感，以及最後驚慌起來的情形。

「我敢說在你看來可能很荒謬，但我卻感到自己完全迷失了，孤獨一人，感到上帝已經遺棄了我。」

「對，人會有這種感覺，我就曾有過，很黑暗、很可怕……」

「但那不是黑暗而是亮光，耀眼欲盲的亮光，沒遮沒掩的，沒有陰影。」

「其實我們講的是同樣的事。對你，可怕的是亮光，因為你已經躲在表面下的陰影中太久了。在我，則是黑暗，看不到我的路，迷失在黑暗中，但那種痛苦是同樣的，那是種認知，體認到自己的一無所有，而且和上帝的愛斷絕了。」

鍾恩緩緩地說：「然後，事情發生了，就像個奇蹟，我看到了一切，我自己——還有以前的我。我所有的愚蠢藉口和可恥都消失了，就像是……就像是重生……」

她急切地望著對方，莎夏低下了頭。

「我知道得要做什麼。我得回家重新來過，建立新的生活……從頭開始……」

一陣沉默。莎夏若有所思地望著鍾恩，她的表情頗讓鍾恩困惑，於是她有點臉紅地說：

「哦，我知道這聽起來好像很戲劇性又牽強……」

莎夏打斷了她的話。

「不，不，你不明白我的意思。你所經歷的是真實的。很多人都經歷過，聖保羅也一樣，還有其他那些屬神的聖人，以及凡人和罪人。這是種轉變、是種異象，是靈魂知道了自己的苦楚。沒錯，這一切都是真實的，真實得就像你吃飯或刷牙等等這些事情一樣。但我不知道……我還是懷疑……」

「我感到自己很刻薄，傷害了自己所愛的人……」

「是的，是的，你已經懊悔了。」

「我迫不及待要回去──我的意思是，回家。我有太多話想要告訴他。」

「告訴誰？告訴你先生？」

「對，他一直都是那麼好的人，一直都很有耐心。可是他並不快樂，是我害他不快樂的。」

「然而你認為現在比較能讓他快樂了？」

「起碼我可以向他解釋，讓他知道我有多抱歉。他可以協助我去……哦，該怎麼說呢？」她腦際閃過的詞彙是聖餐儀式，「從此開創新生活。」

莎夏鄭重地說：「這是屬神聖人才做得到的事。」

鍾恩瞪大了眼。「可是我……我不是聖人。」

「你的確不是。這就是我的意思。」莎夏停頓了一下，接著稍微換個語調。「請原諒我這樣說。也許這一切並不是真的。」

鍾恩看起來有點被搞糊塗了。

莎夏又燃起一支菸，凝視著車窗外猛抽起來。

「我不知道，」鍾恩沒把握地說，「我為什麼要告訴你這些……」

「當然是因為你想要跟人講，你想要說出來。腦子裡想著它，想要談它，這很自然。」

「通常我很保守的。」

莎夏看起來很感興趣。

「而且還像所有英國人一樣，對這點很自豪。哦，你們真是很妙的民族，但又很讓人難以理解。你們會對自己的美德感到很丟臉、不好意思，卻又毫不猶豫地承認自己的不足之處，還加以吹噓。」

「我認為你有點誇大其詞了。」鍾恩有點僵硬地說。

她突然感到自己很英國作風，跟對面這個坐在車廂角落、臉色蒼白的異國婦女距離很遙遠，一、兩分鐘前，她還對這女人掏心挖肺地說出很個人的經歷。

鍾恩以一貫的客套語氣說：「你一路都坐東方快車嗎？」

「不，我在斯坦堡逗留一晚，然後去維也納。」她毫不在乎地加了一句：「我很可能會死在那裡，但說不定不會。」

「你是說……」鍾恩猶豫著，因為不清楚她的意思，「你有預感嗎？」

「啊！不是。」莎夏大笑起來，「不是這麼回事！我去那裡是要做個手術，大手術，通常成功率不太高。不過維也納有很好的外科醫生，我要去看的這個醫生很高明，是猶太人。我老說打算滅絕掉歐洲所有猶太人是件很蠢的事，他們有很多都是很高明的醫生，沒錯，他們的醫術都很高明。」

「喔，老天，」鍾恩說，「我很遺憾。」

「因為我要死了嗎？可是這有什麼要緊的呢？人遲早都會死的，何況我也許不會死。我已經打定主意，要是能活下去的話，就會進一所我熟悉的女修道院——規矩很嚴的修會，進去的人是不能講話的，只能一直冥想和祈禱而已。」

鍾恩很難想像莎夏一直保持靜默和冥想的樣子。

莎夏很鄭重地接下去說：「很快就會需要大量禱告了——等到戰爭爆發時。」

「戰爭？」鍾恩瞠目以對。

莎夏點點頭。

「那還用說，戰爭當然會爆發。明年，或者後年。」

「說真的，」鍾恩說，「我想你搞錯了。」

「不，不會的，我有些朋友消息很靈通，他們告訴我的。大局已定了。」

「可是，在哪裡打？跟誰打呢？」

「到處都會打，每個國家都會被牽連進來。我的朋友認為德國會很快戰勝，但我——我不這麼認為，除非他們能真的很快很快就打贏。你瞧，我認識很多英國人和美國人，我知道他們是怎麼樣的。」

「真是的，」鍾恩說，「沒有人真的想打仗的。」

她的語氣充滿懷疑。

「要不然為什麼會有希特勒的青年團運動？」

鍾恩很熱切地說：「可是，我有些朋友去過德國很多次，他們認為納粹運動有很多值得稱道的地方。」

「嗚啦啦！」莎夏叫起來說，「再過個三年，看他們還會不會這樣說吧。」

隨著火車慢慢停下來，她傾身向前。「瞧，我們已經來到西里西亞門[25]了。真美，可不是？我們出去走走吧。」

她們下了火車，站在那裡，透過山脈廣闊的山口，俯瞰著下方朦朧的藍色平原。

這時已近黃昏，空氣特別涼爽又寂靜。

鍾恩心想：多美啊！

但願羅德尼此刻能跟她一起欣賞這景色。

25 西里西亞門（Cilician Gates），土耳其南部山區通往平原的山口。

第十二章

維多利亞車站。

鍾恩突然感到心跳加速。

回家真好。

有那麼一剎那，她覺得自己從未離開過。英格蘭，她自己的國家，可親的英國行李夫……還有不太可親、但卻很英國的多霧天氣！

既不浪漫也不美麗，還是那一如以往、親愛的老維多利亞車站，看上去完全跟以前一樣，嗅起來也一樣！

哦，鍾恩心想，我真高興自己回來了。

那麼漫長、疲憊的旅程，經過土耳其和保加利亞、南斯拉夫、義大利和法國，海關官員、檢查護照、各種不同的制服、各種不同的語言。她厭倦了——對，真的厭倦了——外國人，連那個跟她一起從阿勒坡旅行到斯坦堡、身分不凡的俄國女人，到最後也頗煩人。開始時她是感興趣的——的確是相當令人興奮的——就只因為這人很不同。但是等到她們旅行到土耳其馬爾馬拉海[26]的海德帕夏港口時，鍾恩已經很盼望著兩人分道揚鑣了。一來是因為她，鍾恩，竟然口沒遮攔地對一個全然陌生的人講自己的私事，想起來就覺得難為情。二來，嗯，這有點不好說，但這女人有些地方讓鍾恩覺得自己很土氣。這可不是愉快的感受。光是對自己說，希望自己就跟任何人一樣很行，已經不管用了！她並不真的這樣認為。她很不自在地意識到，儘管莎夏再友善，終究是個貴族，而她則是個中產階層、一名鄉下律師無足輕重的妻子。這樣想當然是很愚蠢的……

不過總而言之，這一切現在都結束了，她又回到老家，回到祖國土地上。

沒有人來接她，因為她後來沒有再發電報通知羅德尼她什麼時候會到。

她有種強烈的欲望，想要在家裡見到羅德尼，想要直接開始她的懺悔，不要有停頓或拖延。這樣會比較容易，她如此想著。

在維多利亞車站月台上，是不可能向驚訝萬分的丈夫請求寬恕的。

當然不能在月台上，那裡人來人往的，月台盡頭還有海關檢查站。

不，她會在柯洛夫那飯店安安靜靜住一晚，第二天才南下回到克雷敏斯特去。

她尋思著，是否該先跟艾薇莉見面呢？她可以從飯店打電話給艾薇莉。

對，她決定，說不定就這樣做。

她只帶了隨身行李。由於在多佛港入境時，海關已經檢查過，因此可以請行李夫直接把它們送到飯店去。

她洗了澡，穿好衣服，然後打電話給艾薇莉，幸好艾薇莉在家。

「母親？我沒想到你回來了。」

「今天下午到的。」

「父親上倫敦來了嗎？」

「沒有。我沒告訴他我今天到。他說不定會跑來接我，萬一他忙的話，這就不太好了，會讓他很累。」

她覺得艾薇莉說話時流露出一絲驚訝語氣：「是……我想你是對的，最近他很忙。」

「你常見到他嗎？」

「不常。大概三星期前他上倫敦來一整天，那次我們一起吃了午飯。今天晚上怎麼樣，母親？你想不想到哪裡去吃晚飯呢？」

「我寧願你來我這裡，親愛的，如果你不介意的話。我旅途有點疲累。」

「我想你也一定累了。好吧，我過來。」

26 馬爾馬拉海（Sea of Marmora），位於亞洲小亞細亞半島與巴爾幹半島之間的內海。

「愛德華不跟你一起來嗎？」

「他今天晚上有個應酬飯局。」

鍾恩掛上聽筒，心跳比平時加快了一點。她心想，艾薇莉……我的艾薇莉……

艾薇莉的聲音多沉著又清脆啊……鎮定、疏離、冷淡。

半小時後飯店打電話上來，通知說哈里森—威莫特太太來了，於是鍾恩就下樓去。

母女以英國人的保守方式打了招呼。鍾恩心想，艾薇莉看來身體很好，不那麼瘦。鍾恩跟女兒走進餐廳時，自豪得有點激動，艾薇莉真的很美，相貌清秀又出眾。

她們在餐桌旁坐下，鍾恩的視線和女兒的相遇時，心頭一震。

那雙眼睛是那麼冷靜又無動於衷……

艾薇莉，就像維多利亞車站一樣，一點都沒變。

是我變了，鍾恩心想，但是艾薇莉不知道這點。

艾薇莉問起芭芭拉以及巴格達的情況。鍾恩講述了回程遇到的諸般不順。不知怎地，兩人的談話頗困難，似乎不太順暢。艾薇莉問起芭芭拉的情況時，也是不痛不癢的，簡直就像是她接到暗示說，問太多可能不得體。但是艾薇莉不可能知道任何真相的，這只是她一貫細膩、不好奇的態度而已。

真相，鍾恩突然想到，我怎麼知道這就是實情？說不定，只是有可能而已，一切都是她自己單方面的想像，畢竟，並沒有很具體的證據……

她排斥了這個念頭，然而光是閃過這想法就已經讓她吃了一驚了。萬一她也是那種憑空想像的人呢？

艾薇莉正以冷靜的口吻說：「愛德華是這麼想的，他認為將來有一天會和德國打仗。」

鍾恩回過神來。

「火車上那個女人也是這樣說的，她好像還相當肯定。她算是個要人，好像真的知道自己在說什麼。但我不相信。希特勒才不敢開戰呢！」

艾薇莉若有所思地說：「哦，難說了……」

「沒有人想要打仗的，親愛的。」

「嗯，人有時會碰上他們不想要的。」

鍾恩一口咬定說：「我認為談論這些是很危險的，會把這些想法灌輸到別人腦子裡。」

艾薇莉微微一笑。

她們繼續東拉西扯地談著。飯後，鍾恩打起呵欠，於是艾薇莉就說她不多逗留了，母親一定累了。

鍾恩說，對，她滿累的。

第二天早上，鍾恩去買了一下東西，然後搭下午兩點半的火車回克雷敏斯特，四點左右應該就可以到站。羅德尼在下午茶時間從辦公室回家時，她應該可以在家等著他……

她滿懷感恩地望著火車窗外。這時節，一路上沒什麼風景好看的——光禿禿的樹，下著濛濛細雨。但多麼自然，多麼有家鄉的感覺啊！巴格達有擠滿人的市集，清真寺有鮮豔的藍色和金色圓頂，這些都已經離得很遙遠、很不真實，說不定從來不曾發生過。那段漫長、奇妙的旅程——安納托利亞的平原、土耳其南部山區的積雪、山上的風景，以及又高又光禿的平原；穿過山區峽谷的漫長山路，到博斯普魯斯海峽的途中，聳立著清真寺宣禮塔的斯坦堡，還有巴爾幹半島上的可笑牛車；當火車離開義大利特列埃斯特時，藍色的亞得里亞海閃耀著；瑞士以及在天色漸暗中的阿爾卑斯山——各種不同的景點和場景，全都在此告終，在冬天行經平靜鄉間的回家旅途上告終……

我可能根本從未離開過，鍾恩心想，可能根本沒遠離過……

她的心很亂，沒法理出頭緒來。昨晚跟艾薇莉見面，讓她很難受。艾薇莉那雙沉著的眼睛看著她，鎮靜、無動於衷。艾薇莉，她心想，沒看出她有什麼不同。嗯，話說回來，艾薇莉為什麼應該看出她有不同呢？

並不是她的外表有所改變。

她很溫柔地對自己說：「羅德尼……」

那股光輝回來了，那種歉然，對愛與寬恕的渴望……

她心想，這是真的……我正要開始一種新生活……

她在火車站前搭上了計程車。來開門的愛格妮絲流露出奉承的驚喜表情。

老爺，愛格妮絲說，會很高興的。

鍾恩上樓回到自己臥房裡，摘掉帽子，又下樓來。房間看起來有點光禿的感覺，但那不過是因為沒有擺花而已。

明天我得剪些月桂，她心想，並到街角的店裡買些康乃馨。

她緊張興奮地在房間裡走來走去。

要不要告訴羅德尼她猜到了芭芭拉的事？萬一，畢竟……

這當然不是真的！整件事都是她想像出來的，所以會想像出這事，是因為那個笨女人布蘭西．哈格——不，該稱為布蘭西．杜諾凡——說的話。說真的，布蘭西看起來太糟糕了，又老又粗俗。

鍾恩把手放到頭上，覺得腦子裡像有個萬花筒似的。小時候她有個萬花筒，她很喜歡它，會屏息看著所有的彩色碎片轉動著，直到固定下來成為一種圖案……

她是怎麼回事？

那個很惡劣的招待所環境，還有她在沙漠裡經歷的怪誕經驗——她自己想像出各種不愉快的事情，以為兒女不喜歡她，以為羅德尼愛上了萊絲麗（他當然沒有！這是什麼念頭啊！淒慘的萊絲麗），她甚至還後悔過當初說服羅德尼不要異想天開去做農夫。說真的，她一直腦筋很清楚又有遠見……

哦，老天哪，她怎麼會這麼不理智呢？所有這一切她曾經在腦中想到又相信的事——那麼不愉快的事情……

它們的確是真的嗎？抑或不是？但她不想要這些事是真的。

她得要決定……非得決定不可……

她得要決定什麼？

那陽光，鍾恩心想，陽光很熱。那陽光會讓你產生幻覺……

在沙漠裡奔跑……雙手雙膝跌到地面上……祈禱……

那是真實的嗎？

抑或這才是真實的？

真是瘋了！她那時所認定的事情絕對是瘋了。回到英國多舒適愉快啊！感覺就像從來沒離開過似的，一切就像以前一直以為的那樣，還是一樣的……

那還用說？一切當然都還是一樣的。

萬花筒在轉動……轉動……

沒多久就停下來，變成另一種圖案。

羅德尼，原諒我，我以前不知道……

羅德尼，我在這裡，我回來了！

哪一種模式？哪一種？她得要選擇。

她聽到前門打開的聲音，她非常熟悉的聲響，如此熟悉……

羅德尼回來了。

哪一種圖案？哪一種模式？趕快！

門打開了，羅德尼走進來，他驚訝得停住腳。

鍾恩趕快走上前去，她沒有馬上看著他的臉。給他一點時間，她心想，給他片刻……

然後她快活地說：「我回來了，羅德尼……我回家來了……」

尾聲

羅德尼・斯卡達摩坐在矮背小椅子上，他太太正在斟茶，茶匙叮噹碰撞著，一面興致勃勃聊著回到家來有多好，看到一切如昔有多令人高興，羅德尼不會相信回到英國、回到克雷敏斯特、回到她自己家裡有多美妙！

窗玻璃上有隻綠頭大蒼蠅，被十一月上旬不尋常的溫暖天氣給騙了，在玻璃上大肆嗡嗡地飛上飛下。

嗡嗡嗡嗡，綠頭蒼蠅繼續發出聲音。

吱吱喳喳，鍾恩・斯卡達摩的聲音持續著。

羅德尼坐著點頭微笑。

好吵，他心想，好吵……

對某些人而言是有意義的，對其他人則無意義。

他認定自己弄錯了，鍾恩剛回來時，他還以為哪裡不對勁了。鍾恩並沒有什麼不對勁，她還是老樣子，一切都是老樣子。

沒多久之後，鍾恩上樓去把行李打開，羅德尼則經過大廳回到書房裡，他從辦公室帶了些公事回來處理。

但是他先把書桌右邊最上面那個鎖住的小抽屜打開來，取出了芭芭拉的來信。這是航空信，是幾天前鍾恩離開巴格達之後寄出的。

這是一封傾訴心事的長信，他幾乎已熟記在心了。不過，他還是又重讀了一遍，並停在最後那頁上。

……所以現在我已經什麼都告訴你了，親愛的老爸。我敢說你其實已經猜到了大部分。你不用擔心我，我很明白自己成了個做壞事的邪惡小傻瓜。記住，母親什麼都不知道。要完全瞞著她並不容易，不過幸好麥昆醫生演技一流。威廉表現得好極了，我真的不知道沒有他的話，該怎麼辦——他一直都在，一看情況不對，就即時擋開母親。當她打電報說要趕過來時，我真的相當絕望。我知道你一定盡了力阻止她來，親愛的，而她則是攔不住的。我想在某種程度上，她也是一番好意吧；只不過她非得要幫我們重新安排生活，這點簡直令人受不了，我又虛弱得不太能跟她爭！我現在才開始覺得莫朴西又屬於我了！她很可愛，但願你能見到她。當我們還是小寶寶時，你喜歡我們嗎？還是等到後來才喜歡的？親愛的老爸，我很高興有你這樣的父親，不要擔心我，我現在沒事了。

你親愛的小芭

羅德尼拿著那封信，猶豫了一下。他是很想留著這信，這封信對他深具意義——女兒寫出了對他的信心和信賴。

但是做他那行久了，保留信件所帶來的危險他見多了。萬一他突然離世，鍾恩就會清理他所有文件，到時就會看到這封信，引起她不必要的痛苦。不要讓她傷心難過，就讓她幸福又安全地繼續留在她為自己打造的光明、信心滿滿的世界裡好了。

他走到書房另一頭，把芭芭拉的信丟進火裡。是的，他心想，現在她沒事了。他們大家都很好了。他以前最替芭芭拉擔心，因為她的個性不太穩定，很情緒化。嗯，是有過危機，但她已經逃過了這一劫，雖非毫髮無損，但總算活過來了，而且已經明白莫朴西和威廉才是她真正的世界。威廉是個好人，羅德尼希望沒太苦了他。

是的，芭芭拉沒事了。湯尼在羅德西亞的橙園也過得很好——除了遠在千里之外，但這卻很好——而他那位年輕太太聽起來也是合適對象。沒有什麼能傷到湯尼，也許永遠也不會，他是那種很樂觀開朗的人。

艾薇莉也沒事了。每當他想起艾薇莉時，總是引以為豪，而不是充滿憐憫。艾薇莉有著不露聲色的法律腦袋，情感含蓄，牙尖嘴利又冷靜，如此沉穩、如此堅強，一點也不像他們為她取的名字那麼女性化。

他曾經和艾薇莉鬥過法，跟她對決，並用她那輕蔑的心唯一認得的武器征服了她。他自己對這些武器則很反感──冷冰冰、講邏輯的理論和無情的說理。結果她接受了這些。

但是，她是否原諒了他呢？他想是沒有，但沒有關係了。要是他毀了艾薇莉對他的愛，卻保住並加深了她對他的敬意──最後，他心想，以她那樣的腦子以及完美無瑕的正直，還是敬意比較重要。

在她出嫁前夕，他曾跟這個如今隔著鴻溝的愛女說：「我希望你幸福。」

而她則沉靜地回答說：「我會盡量努力幸福的。」

那就是艾薇莉──不逞強，不活在過去，不自憐，有紀律地接受生活，也有能力不靠他人的協助過活。

他想，他們都已經脫離我的羽翼了，他們三個。

羅德尼推開書桌上的文件，走過去坐在壁爐右邊的椅子上。他手上拿著那份馬辛罕租約，微微嘆口氣，從頭看了起來。

「地主出租予承租人（及其繼承人）整座農莊之建物、土地，地點位於……」他翻頁繼續逐字看下去。「未經夏季休耕（種植蕪菁和油菜因可潔淨土地、為土地施肥並可放牧綿羊，因此視同休耕），承租人不得在耕地任何地方種植兩種以上的麥類，以及……」

他的手垂了下來，視線游移到對面的空椅子上。

之前他和萊絲麗爭辯時，萊絲麗就坐在那把椅子上，他們在爭論她孩子的問題以及跟舍斯頓接觸的欠妥處。他說，她應該要為孩子著想。

她是有替他們著想，她說，畢竟，他是孩子們的父親。

坐過牢的父親，他說，一名前科犯——公眾的看法形同放逐他們，使他們與正常的社會生活隔絕，這對孩子們是很不公平的懲罰。她應該，他說，要設想到這一切。他說，不應該讓孩子從小就蒙上陰影，應該要讓他們有個好的開始。

結果她卻說：「說到重點了。他是他們的父親，並不表示他們屬於他，也不表示他屬於他們。我當然希望他們有個很不同的父親，但事情卻不是這樣的。」

她還說：「要是一開始就逃避現狀，那人生要怎麼過下去呢？」

嗯，他當然知道她的理念，但這卻跟他的想法不合。他總是想給兒女最好的。的確，這也是他和鍾恩所做的，讓兒女們上最好的學校，住家裡陽光最充足的房間。他和鍾恩則省吃儉用，以便盡量供給孩子。

但是他們卻從未面臨任何道德問題，沒有什麼羞恥的事，沒有見不得人的陰影，沒有失敗、絕望和煎熬，不用在必要關頭時自問：「該為孩子好而瞞著他們，還是讓他們一起分擔？」

而且他看得出，萊絲麗的意思是要讓孩子們分擔。儘管她愛孩子，但必須要讓孩子幼小、不曾受過訓練的肩膀來幫忙扛些重擔時，她是一點也不會退縮的。不是出於自私，不是因為想減輕自己的擔子，而是因為她不想排除他們，即使是最年幼的孩子，也要分擔最難捱的現實。

嗯，他認為她錯了，但他卻承認——一如他一向都承認的——她很有勇氣。而且這勇氣不僅為她自己，更為了她所愛的人而有勇氣。

還記得那個秋天，他去辦公室時鍾恩說的話：「勇氣？哦，是啊，可是勇氣並非一切！」

而他則說：「勇氣難道不是一切嗎？」

萊絲麗坐在他的椅子上，左肘略為撐起，右肘下垂，右嘴角略微歪一邊，頭靠在褪色的藍色軟靠墊上，映得她的頭髮看來有點變成了綠色。

他還記得自己的語氣，有點驚訝地說：「你頭髮不是棕色的，是綠色的。」

這是他唯一跟她說過的比較私己的話。他從來沒怎麼想過她的外貌是怎樣的。倦容，他知道這點，面帶病容——然而卻強壯，對，生理上的強壯。有一次他還很不搭調地想過，她能像個男人般，在肩上扛一大袋馬鈴薯。

不怎麼浪漫的想法，說真的，他也記不得她有什麼浪漫之處。右肩比左肩高，但左眉上挑，右眉則下垂；笑起來時，嘴角略歪向一邊；倚在褪色藍靠墊時，棕髮看起來像是綠色的。

他心想，這裡頭沒有多少可以增添愛意的。然而愛情是什麼呢？看在老天的分上，愛情究竟是什麼？見到她坐那裡，坐在他的椅子上，綠色的頭靠著藍色的軟墊，他心裡所感受到的安詳和滿足。她突然說話的模樣，她說：「你知道，我一直在想著哥白尼……」

哥白尼？蒼天在上，怎麼會扯到哥白尼？那個有理念的僧侶，對世界有不同的看法，這人夠精、識時務，懂得向俗世的威權妥協，把自己的信念用可以過得了關的形式寫下來。

丈夫在牢裡，還要自己謀生、為孩子操心，這樣的萊絲麗坐在那兒，怎麼會一面用手理著頭髮，一面說「我一直在想著哥白尼」呢？

然而就因為如此，從此之後，只要提到哥白尼，他的心就會跳一下，而且他也在牆上掛了一幅這位僧侶的古老版畫肖像，來跟他說：「萊絲麗」。

他心想，起碼我應該告訴她，我愛她。我早該這樣說的——以前那次。但有必要嗎？那天在阿謝當，坐在十月的陽光中，他和她在一起——在一起卻又保持著距離，那種苦痛和絕望的渴望之情。兩人相隔四英尺之遠。四英尺，因為再少一點就難保不出事。她也心中有數，她一定早已明白這點了。他很心亂地想著，我們之間相隔的空間，就像一個電場，充滿了渴望之電。

他們沒有看著對方，他俯瞰著耕地和農場，那裡隱約傳來耕耘機的聲響，還有淺紫色、尚未翻土的農地；而萊絲麗則看著遠方的樹林。

就像兩個盯著應許之地卻又不得其門而入的人一樣，羅德尼心想，那時候我應該告訴她我愛她的。

但是他們兩人什麼都沒說——只除了有一次萊絲麗喃喃念著：「然而你那恆久的夏天將永不消逝。」

就說了這句，引了一句詩，他根本就不知道她這句詩是什麼意思。

也可能他是知道的。對，可能他是知道的。

椅子上的靠墊已經褪色了，還有萊絲麗的臉孔，他沒法清楚記得她的臉孔了，只有嘴角那奇特的歪法。

然而，過去一個半月裡，每天她都坐在那裡跟他講話，當然，這只是幻想而已，他創造了一個假想的萊絲麗，讓她坐在那椅子上，把話塞進她嘴裡，讓她說出他想要她說的話。而她也順從了，不過嘴角卻向上一歪，像是在笑他要她做的事。

他心想，那是很開心的六個星期，他可以跟瓦特金一家和米爾一家見面，還跟哈格瑞・泰勒一起過了那個開心的晚上——就只有幾個朋友，人不太多。那個在星期天經過小山丘、討人喜歡的流浪漢。傭人們做很好吃的飯菜給他，每餐都隨他愛吃多慢就多慢，還用蘇打水虹吸管瓶撐著一本書邊吃邊看。有時吃過晚飯要工作，做完之後抽一斗菸，最後，要是他覺得寂寞的話，就安排假想的萊絲麗坐在椅子上陪他。

假想的萊絲麗，沒錯，但就在不遠處的某個地方，不就有個真的萊絲麗嗎？

然而你那恆久的夏天將永不消逝。

他又低頭看著租約。

「……將適當並定期以良好畜牧業來全方位經營上述之農場。」

他有點驚訝地心想，我是個挺好的律師。

接著，一點也不懷疑地（而且也不怎麼當一回事地）心想，「我很成功。」經營農場，他認為是很難又讓人心碎的行業。

「老天，說來，」他心想，「我是累了。」

他很久沒這麼覺得累了。

門開了，鍾恩走了進來。

「哦，羅德尼，你看那些文件而不開燈，這樣是不行的。」

她急忙走到他身後開亮了燈。他露出笑容向她道謝。

27 蘇打水虹吸管瓶（soda water syphon，或作soda syphon），從前歐美人喝某些酒時會摻蘇打水，有些人會在家中準備這種大玻璃瓶專門裝蘇打水用來摻酒。

「你真笨，親愛的，淨坐在那裡讓你的眼睛壞掉，其實你只要扭一下電燈開關就行了。」

她坐下來，愛憐地說：「真不知道你沒有了我怎麼辦。」

「染上各種壞習慣。」

他的笑容中有著揶揄，笑得很和藹。

「你還記得，」鍾恩接下去說，「當年你突然想要拒絕哈利叔叔給你的條件，反倒想要去接手農場來做的事嗎？」

「記得，我記得。」

「你現在很高興我沒讓你這樣做吧？」

他看著她，很佩服她的能幹，看起來仍然年輕的脖子，光滑漂亮、沒有皺紋的臉孔；開朗、自信、充滿愛憐。他心想，鍾恩一直是個很好的太太。

他沉靜地說：「是的，我很高興。」

鍾恩說：「有時我們難免會有些不切實際的念頭。」

「連你也會嗎？」

他說這話是在調侃她，但卻很訝異地見到她皺起了眉頭。她臉上宛如平靜水面出現漣漪般閃現出一種表情。

「有時人會很發神經的——病態。」

他更加驚訝了，很難想像鍾恩會發神經或病態。於是他換個話題說：「你知道，我挺羨慕你能去中東旅行。」

「是的，是很有意思。不過我不會想要住在巴格達那樣的地方。」

羅德尼若有所思地說：「我倒是很想知道沙漠是什麼樣的。一定相當神奇——空曠，有明亮強烈的陽光。想到那種陽光就讓我著迷，可以看得清楚……」

鍾恩打斷了他的話，恨恨地說：「沙漠可恨極了，很可恨！就只有一片乾旱虛無！」

她以銳利、緊張的眼神環顧房間。他心想，就像隻想逃跑的動物。

然後她鬆開了眉頭說：「那個軟靠墊難看死了，舊得都褪色了，我得幫那張椅子換個新靠墊才行。」

他本能地做了個手勢要攔阻，接著回心一想。

說到底，為什麼不呢？軟靠墊褪了色。萊絲麗躺在墓園大理石墓碑下。他和合夥人的律師事務所正在奮進中。農夫賀德斯頓還在努力籌另一筆貸款。

鍾恩在房裡到處走動，摸著一處窗台看有沒有積塵，又把一本書放回書架上，移動著壁爐架上的擺飾品。的確，經過六星期之後，這房間看來有點不整潔、有點破舊的樣子。

羅德尼輕輕自言自語說：「假期結束了。」

「什麼？」她猛然轉身面對著他，「你剛才說什麼？」

他一臉無辜地對她眨著眼說：「我有說什麼嗎？」

「我想你說『假期結束了』。你一定是在打瞌睡而且作起夢來——關於孩子們開學的夢。」

「對，」羅德尼說，「我一定是在作夢。」

她站著狐疑地望著他，然後去把牆上一幅畫扶正。

「這是什麼？這是新掛的吧？」

「是的，我在哈特雷大減價時買的。」

「哦？」鍾恩狐疑地瞧著那幅畫。「哥白尼？有價值嗎？」

「我不知道。」羅德尼說，然後若有所思又重複說：「我一點概念也沒有……」

什麼是有價值，什麼是沒價值？有「紀念」這種東西嗎？

「你知道，我一直在想著哥白尼……」

萊絲麗，輪番承受著丈夫坐牢、酗酒，以及貧窮、病痛、死亡。

「可憐的舍斯頓太太，一輩子過得這麼慘。」

但是，他心想，萊絲麗並不慘。她走過了幻滅、貧窮和病痛，有如一個男子漢走過沼澤，經過田地，越過河流，快快活活又迫不及待地要抵達目的地……

他那雙疲累但和藹的眼睛若有所思地看著他太太。

這麼聰明能幹又忙碌，這麼欣然又有成就。他心想，她看來就像還不到二十八歲。

突然，他心底湧起一股龐大的憐憫席捲了他。

他感情強烈地說：「可憐的小鍾恩。」

她瞠目望著他說：「為什麼說可憐？而且我也不小了。」

他用慣常的調侃語氣說：「我在這裡，小鍾恩，要是沒人陪我，就只有我一個人。」

她突然衝到他身邊，幾乎喘不過氣來地說：「我不是只有我一個人，我不是只有我一個，我有你。」

「對，」羅德尼說，「你有我。」

但是說這話時，他心裡有數，這不是真話。他心想：你就只有你一個人，而且永遠都會是這樣。但是，老天保佑，但願你永遠不會知道這點。

特別收錄

瑪麗・魏斯麥珂特的祕密

露莎琳・希克斯（Rosalind Hicks, 1919-2004）

早在一九三〇年，家母便以「瑪麗・魏斯麥珂特」（Mary Westmacott）之名發表了第一本小說，這六部作品（編註：中文版合稱為【心之罪】系列）與「謀殺天后」阿嘉莎・克莉絲蒂的風格截然不同。

「瑪麗・魏斯麥珂特」是個別出心裁的筆名，「瑪麗」是阿嘉莎的第二個名字，魏斯麥珂特則是某位遠親的名字。母親成功隱匿「瑪麗・魏斯麥珂特」的真實身分達十五年，小說口碑不錯，令她頗為開心。

《撒旦的情歌》於一九三〇年出版，是【心之罪】系列原著小說中最早出版的，寫的是男主角弗農・戴爾的童年、家庭、兩名所愛的女子和他對音樂的執著。家母對音樂頗多涉獵，年輕時在巴黎曾受過歌唱及鋼琴演奏訓練。

她對現代音樂極感興趣，想表達歌者及作曲家的感受與志向，其中有許多取自她童年及一戰的親身經歷。

Collins 出版公司對當時已在偵探小說界闖出名號的母親改變寫作一事，反應十分淡漠。其實他們大可不用擔心，因為母親在一九三〇年同時出版了《謎樣的鬼豔先生》及瑪波探案系列首部作品《牧師公館謀殺案》。接下來十年，又陸續出版了十六部神探白羅的長篇小說，包括《東方快車謀殺案》、《ＡＢＣ謀殺案》、《尼羅河謀殺案》和《死亡約會》。

第二本以「瑪麗．魏斯麥珂特」筆名發表的作品《未完成的肖像》於一九三四年出版，內容亦取自許多親身經歷及童年記憶。一九四四年，母親出版了《幸福假面》，她在自傳中提到：

「……我寫了一本令自己完全滿意的書，那是一本新的瑪麗．魏斯麥珂特作品，一本我一直想寫、在腦中構思清楚的作品。一個女子對自己的形象與認知有確切想法，可惜她的認知完全錯位。讀者讀到她的行為、感受和想法，她在書中不斷面對自己，卻自識不明，徒增不安。當她生平首次獨處——徹底獨處——約四、五天時，才終於看清了自己。

「這本書我寫了整整三天……一氣呵成……我從未如此拚命過……我一個字都不想改，雖然我並不清楚書到底如何，但它卻字字誠懇，無一虛言，這是身為作者的至樂。」

我認為《幸福假面》融合了偵探小說家阿嘉莎．克莉絲蒂的各項天賦，其結構完善，令人愛不釋卷。讀者從獨處沙漠的女子心中，清晰地看到她所有家人，不啻一大成就。

家母於一九四八年出版了《玫瑰與紫杉》，是她跟我都極其喜愛、一部優美而令人回味再三的作品。奇怪的是，Collins 出版公司並不喜歡，一如他們對瑪麗．魏斯麥珂特所有作品一樣的不捧場。家母把作品交給 Heinemann 出版，並由他們出版她最後兩部作品：《母親的女兒》（一九五二）及《愛的重量》（一九五六）。

瑪麗．魏斯麥珂特的作品被視為浪漫小說，我不認為這種看法公允。它們並非一般認知的「愛情故事」，亦無喜劇收場，我覺得這些作品闡述的是某些破壞力最強、最激烈的愛的形式。

《撒旦的情歌》及《未完成的肖像》寫的是母親對孩子霸占式的愛，或孩子對母親的獨占。《母親的女兒》則是寡母與成年女兒間的爭鬥。《愛的重量》寫的是一個女孩對妹妹的痴守及由恨轉愛——而故事中的「重量」，即指一個人對另一人的愛所造成的負擔。

瑪麗．魏斯麥珂特雖不若阿嘉莎．克莉絲蒂享有盛名，但這批作品仍受到一定程度的認可，看到讀者喜歡，母親很是開心，也圓了她撰寫不同風格作品的宿願。

（柯清心譯）

——本文作者為阿嘉莎．克莉絲蒂獨生女。原文發表於 *Centenary Celebration Magazine*。

國家圖書館出版品預行編目資料

幸福假面／阿嘉莎・克莉絲蒂（Agatha Christie）
著；黃芳田譯. -- 初版. -- 臺北市：遠流, 2012.11
面；　公分. --（心之罪）
譯自：Absent in the spring

ISBN 978-957-32-7054-6（平裝）

873.57　　101016782

心之罪 ③

幸福假面

作者／阿嘉莎・克莉絲蒂　譯者／黃芳田

主編／賴佩茹　編輯／余素維　特約編輯／賴惠鳳
封面、內頁設計／邱銳致　企劃經理／金多誠
出版一部總編輯暨總監／王明雪

發行人／王榮文
出版發行／遠流出版事業股份有限公司　地址／台北市南昌路2段81號6樓
電話：(02)2392-6899　傳真：(02)2392-6658　郵撥：0189456-1
著作權顧問／蕭雄淋律師　法律顧問／董安丹律師
2012年11月1日初版一刷

行政院新聞局局版台業字第1295號
定價／新台幣280元（如有缺頁或破損，請寄回更換）

ISBN 978-957-32-7054-6

遠流博識網 http://www.ylib.com　E-mail: ylib@ylib.com
遠流謀殺天后 AC 粉絲團 http://www.facebook.com/ylib.AC2010

Agatha Christie, a Mary Westmacott novel.（本書係阿嘉莎・克莉絲蒂以瑪麗・魏斯麥珂特之名發表）